最強の生産王は何がなんでもほのぼのしたいっっっ!

5

著 Erily
(えりりー)

ill. くろでこ

シルビア
優しく穏やか(?)な
お姉さん。
知らない人には
ツンツンしがち。
エイシャル
不遇職「生産者」を
与えられた本作の主人公。
辺境に飛ばされたが、
覚醒した能力で
ほのぼのライフを目指す。
CHARACTERS
登場人物紹介

サイコ
魔王軍の
新たなボス。親に
捨てられ、人間を
恨んでいる。
アンドラ
先代魔王の息子で、
魔族だが正義感が強い。
サイコと対立し、
人間に味方している。
クレオ
オレ様口調の
男の子。
ビビアンとは
喧嘩ばかりだが、
実は仲良し。
ビビアン
天真爛漫な女の子で
みんなのアイドル。
算数が
ちょっぴり苦手。
ゲオ
SSSランクパーティ
『牙狼』のリーダー。
切れ者でイケメン。

第一章　失われたスキル

エルルカ島でのサイコ軍との戦いを終えた俺――エイシャルは、『生産者《せいさんしゃ》』という珍しい職業を駆使《くし》して開拓《かいたく》した辺境で、またほのぼのとした日々を送っていた。

早速、仲間達の予定を記入したスケジュールボードを、いつものようにリビングの壁にかける。

エイシャル　：畑か果樹園
ロード　　　：塀《へい》をコンクリートに変える
シャオ　　　：塀をコンクリートに変える
シルビア　　：家事全般
リリー　　　：家事手伝い
ビビアン　　：リリアのブラッシング
ビッケル　　：畑管理、いちごジュース管理
ラボルド　　：果樹園管理、りんごジュース管理

エルメス　：家事アシスト
ルイス　　：牧場管理、秘密の小部屋掃除
クレオ　　：ガオガオー号の洗車
ステイシー：家事ヘルプ、ココの世話
マルク　　：モンスター牧場管理

【返答欄】
エイシャル：栽培《さいばい》してくるよー
ロード　　：ついに……
シャオ　　：屋敷が城塞《じょうさい》になりやすぜ！
シルビア　：頑丈《がんじょう》になっていくわね……
リリー　　：編《あ》み物しようかしら？
ビビアン　：リリアにブラッシング～
ビッケル　：寒くなってきましたなぁ
ラボルド　：手がかじかむでありますね！
エルメス　：エルは洗濯《せんたく》するですです♡
ルイス　　：秘密の小部屋の……掃除……ぐへへ

クレオ　：頑張るんだぞ！
ステイシー　：皆さんのお部屋お掃除させていただきます……！
マルク　：モンスター達も寒そうっす！

そうして、みんなはそれぞれの仕事に向かった。

俺は『生産者』のスキル『栽培』のレベル18が解放されていたので、とりあえず畑に足を向けた。

畑の側の何もない地面目がけて、試しにスキルを発動してみると……

ニョキニョキと木が生えてきた。

「あぁ、これは梨《なし》の木でありますね」

果樹園担当のラボルドがやって来て言った。

「梨かぁ。それじゃ、果樹園に移すか」

ラボルドと二人でスコップで土を掘り、まだ小さい梨の木を果樹園に移植した。

「これでいいぞっと。だけどさぁ、梨ってそのまま食べる以外に使い道あるのかな？」

「言われてみれば……しかし、きっと家事組さんが知ってるでありますよ」

腕を組んで尋《たず》ねた俺に、ラボルドが答えた。

「それもそうだな。実がなったら教えてくれよ、ラボルド」

「わかったであります」

そのあとはいつもの敷地パトロールだ。

まずは、塀をコンクリートで補強しているロードとシャオのところに行く。

「どうだ？　ロード、シャオ」

二人はコンクリートを綺麗《きれい》にならしていた。

敷地の塀の十分の一ほどが仕上がっているようだ。

「いやぁ、旦那《だんな》、これは時間がかかりますぜ」

シャオが汗を拭《ぬぐ》いながらそう言った。

「大変……な……作業だ……」

ロードも肩で息をしている。

「そうだろうな。いや、ゆっくりやってくれて良いからさ。休憩《きゅうけい》も自分達で決めて好きに休んでくれ」

俺は二人にそう伝えると、今度は牧場に向かった。

牧場にはルイスがいるはずだが、なぜか動物達だけだった。

ん？

どこに行ったんだ、ルイスの奴？

あ、そうか！　秘密の小部屋だ。

そう気づいたものの、ルイスや氷竜《ひょうりゅう》のフレイディアが危ないオタク趣味を全開にしていると思われる秘密の小部屋に行くのは、かなりの勇気がいる。

うーん……

よし、ルイスは放っておこう！

そう結論を出して、次にモンスター牧場を目指す。

そこではマルクが落ち葉を集めて燃やしていた。

「マルク、モンスター牧場の掃除、頑張ってるな」

俺が声をかけると……

「いやぁ、焼き芋《いも》のためっすよ」

どうやら落ち葉を集めて焚《た》き火《び》をし、焼き芋を作っているらしい。

確かにあたりには焼き芋の匂《にお》いが漂《ただよ》っている。

「焼き芋かぁ。美味しそうだな」

「お一つどうっすか？」

「お、じゃあ、一つだけ」

俺とマルクは焚き火で温まりながら、焼き芋を食べた。

甘くて少しねっとりしていて、とても美味しかった。

「あ、やきいも食べてるぞ！」

「ズルなのだ！」

振り向くとクレオとビビアンが走ってきていた。

「ビビちゃんとクレオ君の分もあるっすよ」

マルクがそう言うと、ビビアンとクレオは大喜びで焚き火の近くに来た。

四人でほかほかの焼き芋を食べて、俺はひと足先に敷地パトロールに戻る事にした。

「火の後始末はよろしくな、マルク」

「ウォルルにさせるから大丈夫っす」

というわけで、今度は畑と果樹園に向かった。

ビッケルが超下手くそな歌を歌いながら、とうもろこしとさつまいもを収穫している。

焼きとうもろこしが美味いんだよなぁ。

しかし、ビッケルの歌を聴き続けると耳が壊れそうなので、早々に退散する。

そんなこんなで敷地パトロールは終わり、ギルド組——いつもスケジュールボードには書かない別行動の組で依頼をこなして報酬《ほうしゅう》を稼《かせ》いでいるメンバー達——も帰ってきはじめたので、賑《にぎ》やかに夕食を食べて休んだ。

◇　◇　◇

その日、いつも通りにスケジュールボードをかけた俺は『釣り』レベル15が解放されていたので、久しぶりに裏山の川に向かった。

竿《さお》を川に投げ入れると……うなぎが釣れた！

うなぎ、うなぎかぁ。

ひつまぶしに、蒲焼《かばや》きに……

おっと、よだれが出てきそうだ。

とにかく俺はうなぎを五匹釣ると、辺境の屋敷に帰った。


家事組にうなぎを渡すと、ひつまぶしにすると言っていた。

ひつまぶしは最後にお茶漬《ちゃづ》けにして食べるのが最高なんだよなぁ。

今日の夕飯が楽しみだな。


俺はその後敷地パトロールに向かったが、特に変わった事はなかったので、敷地で取れたケル・コーヒー豆を持ってセントルルアの町の行きつけ、ケル・カフェに向かった。

「おぅ、エイシャル！　ちょうど豆を切らしていたところだったんだよ」

「ラーマさん、こんにちは。それは良かった」

俺は店主のラーマさんに豆を渡しながら言った。

「ん？　今日は一人かい？　いつもヘスティアさんと来るだろ？」

ラーマさんが尋ねる。

確かに溶岩竜《ようがんりゅう》のヘスティアとはよくこの店に来るもんな。

「うーん、ヘスティアも色々と忙しいんだよ。奥の席いいかな？」

「あいよ！　メニュー持っていくから、ゆっくりしててくれ」

そして、俺は奥の席に座った。

近くにあったラックから昨日の新聞を取って読む。

すると、SSSランクパーティ『牙狼《がろう》』のリーダーのゲオと、副リーダーのシンシアが店に入ってきた。

「エイシャルか……」

「悪かったな、俺で」

「こんにちは、エイシャルさん」

いつも通り無表情のゲオとは違い、シンシアはにこやかだ。

「一人じゃなんとなく寂《さび》しかったんだよ。相席どうだ？」

俺が誘うと、ゲオは「奢《おご》りなら」と言って同じテーブルに着いた。

全く抜け目がない奴だ。

「お前らダンジョンやら、牙狼団やらで稼《かせ》いでるだろー？」

俺は呆《あき》れ気味に言う。牙狼団とは魔王軍に対抗するためにゲオが創設した組織だ。

普段から依頼をこなして資金をためているはずなので、あの規模ならかなり儲《もう》かっていると踏んでいた。

「それとこれは別だ……」

ゲオが言う。

「うーん。まぁいいや。ところで最近闇落ちパーティやモンスターの動向はどうなんだ？」

魔王軍の手に落ちたパーティや頻繁《ひんぱん》に町に出現するようになったモンスターについて尋ねると、ゲオとシンシアは顔を見合わせた。

「闇落ちパーティは活動を再開している。闇落ちパーティによる被害は相変わらずというわけだ。モンスターについてだが……一つ不思議な事がわかった」

ゲオがホットコーヒーを飲み、言う。

「なんだ？」

興味深々で尋ねると、シンシアが口を開いた。

「実は……モンスターが現れる直前にヤンバル大陸にあるシャイド国の兵士を見た、という人が多いのですが……」

「あぁ、それは知ってるよ。それだけ？」

「いえ、それだけならば良いのですが……シャイド国の兵士は必ずシャベルのようなものを持っているらしいのです」

シンシアの言葉を聞いて、俺は首を傾げる。

「シャベルってスコップみたいな、アレ？」

俺の質問に答えたのはゲオだ。

「あぁ、何かしらの魔道具である可能性が高い……」

「なんだかますますわからなくなってきたな。シャベルの魔道具なんか持ち出して、一体何をしているんだろう？」

俺が呟くと、ゲオは難しそうな表情を浮かべる。

「それがわかれば俺達も苦労しないさ……」

「とにかく、これでシャイド国がモンスターの襲撃と関係しているのは明白……いえ、それは言いすぎですね。確率が高くなりました」

シンシアが紅茶を飲み、そう言った。

「うーん、しかしシャイド国と戦うとなると、大きな戦争になるしなぁ」

「戦争は避けたいところだな……」

「だよな」

腕組みして考える俺とゲオ。

「ゲオさん、そろそろ牙狼団の集会が……」

シンシアがゲオに言った。

「あぁ、そうだな。じゃあな、エイシャル」

「失礼します」

ゲオとシンシアは別れを告げて帰っていった。

それから、俺は一日遅れの新聞を読み、三十分ほどくつろいでからケル・カフェをあとにした。

辺境の屋敷に帰ると、風呂がギルド組に占領《せんりょう》されていたので、酒を片手に先日敷地に湧いた温泉に入る事にした。

「あ～、極楽極楽」

俺は少しの酒を引っかけて、露天風呂を楽しんだ。

露天風呂から上がったところで、ちょうど夕飯の時間になった。

夕飯は事前に言われていた通り、ひつまぶしだ。

お茶漬けのお湯も沸かしてあって、みんな最初からお茶漬けにしたり、薬味と食べたりしてひつまぶしを楽しんでいた。

「あー、今日もよく働いたぜ！」

アイシスがひつまぶしをお代わりしながら言った。

「旦那、塀はあと三日ほどで出来上がるはずですぜ」

シャオが早くもデザートの梨のシャーベットを食べながら報告する。

彼は甘党なのだ。

「そっか。屋敷もますます補強されて安心だな。ありがとな、シャオ、ロード」

俺はそう言ってお茶漬けをかき込む。

「そういえばぁ、エイシャルがモンペット店を作ったじゃない？　あれのカフェバージョンができてるらしいのよー。名付けて、モン・カフェ！」

ダリアがホットの麦茶を飲んで言った。

モンペットとはペットとして飼育された可愛いモンスターで、俺はそのモンペットのお店をガルディア城下町に出していた。

カフェという事は、そのモンペットと遊びながらコーヒーを飲んだり軽食を取ったりできるのだろう。

「モン・カフェ！　行きたいのだ！」

ビビアンがほっぺたにご飯粒をつけながら言った。

「オレさまも！　ドライヌに会いたいぞ！」

クレオは鼻の頭にご飯粒をつけている。

うーん、綺麗に食べる食事のマナーもそろそろ教えなきゃかな……？

「行ってみたいっす！」

マルクも子供二人に続いた。

彼はモンスターが好きなので、モンペットとも触れ合いたいのだろう。

「よし、じゃあ、明後日《あさって》は休みにしてみんなでモンペット店とモン・カフェに行こう。ただし、明日まではしっかり仕事を頑張るんだぞ？」

俺は言い、みんなから歓声が上がった所で、夕食も終わった。

◇　◇　◇

その日の朝、ガルディア城下町のモン・カフェに行くため、準備を始めた。

モンペットと触れ合うため、みんなパンツスタイルだ。

ビビアンもピンクのオーバーオールを着ている。

「さぁ、行きましょう」

シルビアの声を合図に、俺達は出発した。


町に着くとモンペット店はすごい人だかりだった。

隣接するモン・カフェもかなりの人が並んでいる。

俺達はモンペット店をあと回しにして、モン・カフェの予約をした。

屋敷の仲間全員で押しかけたので、席は十五時にならないと空かないと言われた。

今ちょうど正午だから、あと三時間か……

「ビビ、お腹空いたのだ～」

「オレさまもだぞ」

ビビアンとクレオがうずくまる。

「どうしますか？　エイシャルさん？」

そう尋ねてきたルイスに、俺はため息をついて答える。

「仕方ない。モン・カフェでは飲み物だけにして、近くのレストランで昼食を先に食べよう」

そうしてみんなでレストランに向かった。


一緒の席とはいかなかったものの、なんとか全員でレストランに入る事ができた。

俺の席はヘスティア、サシャ、シルビアと俺の四人だ。

「そういえばこの間、モンペットが飼い主を助けた話をニュースで見たわ」

「えぇ？　モンペットが？」

サシャの話を聞いて俺は驚いた。

「そうそう。モンペットって例えば、ドライヌならドラゴンの性質を残してるじゃない？　だから、主人を守るために戦ったらしいわ。ペットだけじゃなくて、ダンジョンにも連れていけるってもう人気沸騰《ふっとう》よ！」

「なるほど。だけど、モンスターより弱いのが普通だけどね。あくまでペット用に育てているし。でも、ドライヌならもしかしたら、雑魚《ざこ》モンスターくらいは倒せるかもしれないな」

そう言いながら、俺は運ばれてきたチキンカレーを食べた。


その後はせっかく町に来たので、ガルディア城下町を散策した。

女性陣の手に店の紙袋が増えているのは、見なかった事にする。

そうして十五時になり、俺達は少し人が減ったモン・カフェに入った。

『イラッシャイ！　ウキッ！』

キングオウムザルが魔法で人語を話しながらメニューを配っている。

ビビアンは嬉しそうにキングオウムザルからそれを受け取った。

「ありがとうなのだ！」

『ドウイタシマシテ！』

キングオウムザルは言う。

「オレさまにもメニュー！」

クレオもキングオウムザルと話したがっているようだ。

「うちには話ができるモンスターはいないからなぁ」

いや、人化しているから忘れがちだが、フレイディアとヘスティアは一応モンスターか。

そんな事を考えつつ、俺はホットウーロン茶を注文した。
「お待たせしました。ホットウーロン茶、ホットコーヒー、ホットココアです」
運んできたのは人間のウェイトレスさんだ。
俺達は飲み物を飲みながら、ドライヌの芸を見た。
ドライヌは器用にお手をしたり、可愛くおじぎしたりしている。
その後もサンダーの魔法を軽く放つなどしてお客さんを沸かせた。
俺達が側に行くと、ドライヌはボールを持ってきて、投げてと合図した。
ビビアンがドッグランの中にボールを投げる。
「てい！」
『わんっ！』
ドライヌは大喜びでボールを持ってきた。
「えらいのだ、ドライヌ～！」
ビビアンはドライヌを撫《な》でる。
ドライヌは尻尾《しっぽ》を振って喜んでいる。
これはまたビビアンのおねだり作戦が始まるんじゃ……
俺はそっとトイレに逃げた。

しばらくして戻ると、クレオは猫じゃらしを使って猫又《ねこまた》ネコと遊んでいる。

ビビアンは相変わらずボールを投げていた。

「エイシャル、おそいのだー」

「あのですね、モン・カフェの裏にミニペガに乗れる広場があるらしいのです！」

ステイシーが少し嬉しそうに言った。

「そ、そっか。じゃあ、みんなで行こうか。ビビアン、クレオ、ドライヌさんと猫又ネコさんにさよなら言うんだぞ？」

おそるおそる言うと、二人は素直に頷いた。

「うん、さよなら！」

「バイバイだぞ！」

俺はひそかにほっとするのだった。


みんなでモン・カフェの裏の芝生《しばふ》グラウンドに足を運ぶ。

ミニペガが空を軽く飛んだり、地面を走ったりしている。

ペガサスと違って翼が小さいため、高く飛ぶ事はできないようだ。

女性陣はみんな、ミニペガに乗ると張り切って並んでいる。

男性陣はミニペガにニンジンを食べさせるコーナーに向かった。

たぶん、重さ的に俺達男は乗れないだろう。

順番が回ってきたエルメスがミニペガに乗ってこちらに手を振っている。

「ミニペガちゃん、大人しいですです～♡」

お子様達以上に大人が楽しんでいるようだ。

そうして、俺達は可愛くて強いモンペットと、楽しみながら夕方まで遊んだ。

日が沈む頃、モンペット達に別れを言って、ガルディア城下町をあとにした。

「楽しかった……」

そう呟いたネレはドライヌのキーホルダーを買ったようだ。

「ビビ、また来たいのだ」

「あぁ、また来ような」

満足げな表情のビビアンに、俺も笑顔で言った。


辺境の屋敷に帰り、その日はドライヌの形のミートパイと、ミニペガの顔の形のベーコンチーズパンを家事組が作って夕食となった。

「明日から仕事かぁ～……」

アイシスが暗い表情で言うので、俺は苦笑いしながら返す。

「まぁまぁ、仕事があるから休みが楽しいんだぞ。ずっと休みだったらみんな退屈だとか言い出してるよ」

「次の休みはいつですかな⁉」

早速、次の休みを尋ねてくるビッケルに俺達は笑った。

そうして、その日も夜は更けていくのだった。

◇　◇　◇

俺――ダルマスは兄のエイシャルの襲撃に失敗し、逃走した。

しかし、父レオニスと母イリーナは死んでしまった。

俺はエイシャルへの恨《うら》みを募《つの》らせた。

父と母は最初から、俺だけを逃し、自爆するつもりだったのだ。

エイシャルが許せなかった。

なぜ、こんなにも憎《にく》んでいるかすらわからなくなっていたが、そこには確かな憎悪《ぞうお》があった。

俺は魔王――先代の魔王を倒して、新たにその座についたサイコのいるルーファス大陸に戻った。

魔王が呼んでいるとダークエルフから聞き、サイコの元を訪れると、彼は言う。

「ダルマス。お前達に期待したこの俺がバカだった。役立たずは……」

サイコがそう言い、右手を俺にかざした時、俺は声を上げる。

「お待ちください！　俺は、エイシャルを刺し違えても殺す覚悟です。もし、失敗すれば、そのあとで俺を殺せば良い……！」

「……俺は気が短いんだよ。一度失敗したら、それで終わりだ。だが、エイシャルは俺のサイコ軍を壊滅にまで追いやった。非常に目障りだ。エイシャルとは何者だ？」

「アイツは……我が家の恥晒《はじさら》しでした。俺とは実の兄弟ですが、一度も奴を兄と思った事はありません。父と母からも疎《うと》まれた、可哀想《かわいそう》な奴……なのに、アイツは！　奴隷達を集めて家族だと言い出して、呑気《のんき》に幸せに暮らしています。俺がこんな目に遭《あ》っているのに……そもそも、俺がこんなに堕落《だらく》したのは、エイシャルのせいです！」

俺がそう叫ぶと、サイコの目が血走った。

「家族……だと？　本当の家族に蔑《さげす》まれて、それでも家族を作ったというのか⁉　コ……コロセ……ミナゴロシニシロ……！　お前ニハ、『血呪《ちのろ》いの魔法』を授けてやる。それで、エイシャルのスキルを封印《ふういん》するんダ……！　そうすれば、エイシャルはタダの役立たズ！　行けェェ！」

サイコはそう言って、俺に黒い光を当てた。

血呪いの魔法か……

「ありがとうございます。必ず……エイシャルに地獄《じごく》を味わわせてやります！」

そして、俺はエイシャルの住むガルディアにダークドラゴンに乗って向かった。

今度こそ、俺が受けた以上の屈辱《くつじょく》をエイシャルに味わわせてやる!

最後には、屈辱の中で死んでもらう。

父レオニスと母イリーナの仇《かたき》は必ず取る。

エイシャルなど、スキルがなければ怖くない。

そう思った。

しかし、サイコは俺にこうも言っていた。

『この呪いを解く方法はある。しかし、エイシャルはそれを見つける事はできないだろう』

解く方法……それは俺も教えてもらっていない。

まぁ、いい。

どうせ、この強力な魔法が解けるわけはない。

◇　◇　◇

俺——エイシャルは相変わらずスケジュールボードをリビングの壁にかけ、一日を始める。
というわけで、みんながそれぞれの仕事に向かうと、俺はキノコ栽培所を訪れ、スキル『キノコ栽培』を発動した。

さて、なんのキノコが生えるかな？

ワクワクしながら地面を眺めていると、花びらのように傘《かさ》が幾重《いくえ》にも重なったキノコ、マイタケが生えてきた。

マイタケかぁ！

調理法はよくわからないが、家事組に任せれば大丈夫だろう。

というわけでカゴに入れて屋敷に持っていった。


家事組がキッチンにいないので、よくリビングを見ると、四人はこたつに入ってみかんを食べていた。

「おーい、休憩も良いけど、マイタケ採れたぞー？」

「あぁ、エイシャル。マイタケね！　今手が離せないから、そこに置いておいて」

シルビアがみかんを取りながら言ったので、俺は苦笑いで返す。

「家事もちゃんとやってくれよな」

「わかってますわ」

リリーがふくれたように言ったので、俺は家事組の休憩を邪魔しないように敷地パトロールに出かける事にした。

まずは、シャオとロードの塀の具合を見てみよう。

二人のところを訪れると、敷地は一面コンクリートの塀で囲まれていた。

「シャオ、ロード、すごいじゃないか」

俺は拍手して言った。

「いやぁ、時間かかりやしたぜ！」

シャオが汗を拭いながら言うと、ロードもボソリと呟く。

「一ヶ月……かかっ……た……」

「うんうん、頑張ったな。立派な塀ができて嬉しいよ。二人とも、終わったら温泉に入ってくるといいよ。家事組に熱燗《あつかん》でも持ってきてもらってさ」

そう言うと二人は張り切って残りの仕事を仕上げにかかった。

次は……とりあえずルイスのところに行ってみるか。

牧場に着くと、柵《さく》に大きなプラカードがかけられていた。よく見ると『秘密の小部屋タイム』と書かれている。

あいつ、また秘密の小部屋に行っているのかぁ……

困った奴だな。

行ってみるか、秘密の小部屋。

俺は仕方なしに秘密の小部屋に向かった。

別に行きたいわけじゃないが、怖いもの見たさはあった。

到着してみると、秘密の小部屋には鍵がかかっている。

「ルイス！　いるんだろ、開けてくれ。ノコギリで無理やり開けるぞ？」

ドンドンとドアを叩きながら言うと、ガチャッとドアが開いて、ルイスが出てきた。

「物騒《ぶっそう》な事言わないでくださいよ、エイシャルさん。どうぞ。あっ、ドアは内鍵を！」

ルイスが言うので、内鍵をかけた。

部屋を見渡すと、ジライアとラボルドの写真が壁にずらりと飾られていた。

普通の写真ならまだいいが、これ、明らかに盗撮だろ？　という写真まで……

「おい、ルイス、魔法カメラなんていつ買ったんだ!?」

「へっへっへっ、ボーナスで一括《いっかつ》で買いましたよ。エイシャルさん、これ、見てください。ベストショットです！　ジライアさんの！」

それは言葉にするのが憚《はばか》られるくらい、あれな写真だった。

「おまっ、は、犯罪だぞ！　これ！」

「えぇ!?　でも、バックショットですからぁ……」

「いや、よくわからないけど、ダメだろ！　問答無用、この写真は俺が処分する。魔法カメラも反省するまでいったん預かるからな」

「そ、そんなぁぁぁぁああ！」

脇《わき》の本棚にセクシー本があったのは、もう見て見ぬふりをした。

秘密の小部屋から出た俺はゲンナリしていた。

ビッケルが焼き芋を作っていたので、ジライアのセクシーバックショットはそこで燃やしておいた。

「あ、やきいもなのだー！」

「おいしそうだぞ！」

またまたクレオとビビアンがやって来て、みんなで焼き芋を食べた。

ルイスを除いて、ね。

◇　◇　◇

今日は休日。みんな給料日前なので、家でだらけていた。

ふとキッチンを見ると、家事組が何やら集まって話している。

昼ごはんの話し合いにしては真剣な面持ちである。

「どうしたの？」

俺は魔法テレビを競馬を見たそうにしていたロードに譲り、家事組に話しかけた。

「あら、エイシャル、テレビを見てたんじゃないの？」

シルビアが言う。

「気になって様子を見に来たんだよ」

「実は、チーズが大量に余っていて……間違って、私とエルメスちゃんが大量に買ってしまったんですの。このままじゃ腐りますし、何かいい案があればと思いまして……」

リリーの言葉を聞いて俺は頷く。

「なるほど、チーズがね」

「何か良い案はないですです～？」

エルメスもかなり考えているようだ。

「うーん、そうだなぁ？　ん？　そうだっ！　みんなでチーズ創作料理対決をやらないか？」

そう提案すると、ステイシーとシルビアが乗ってきた。

「チーズ創作料理対決ですか？　とても面白そうだと思います！」

「あら、私も賛成！　チーズ創作料理対決、楽しそうね」

俺はさらに言う。

「だけど、家事組は参加しない方が面白いんじゃないかな？　ほら、家事組が料理上手いのはわかりきってるから」

「そうですわね。いつも料理をしない方達に作ってもらいたいですわ」

リリーも賛同する。

「そうだよな。じゃあ、俺、ロード、ジライア、ネレ、ニーナの、五人でどうかな？　あまり多いとキッチンに入りきらないし。審査員は残りのメンバーって事で」

「賛成ですです♡　あと、賞金とかあればみんな頑張ると思うですです～」

エルメスの案に俺は頷いた。

「うーん、そうだな。じゃ、金貨五枚でどう？」

「「「「さんせーい」」」」

というわけで、みんなを集めてチーズ創作料理対決が始まった。

「制限時間は四十五分。どんな料理でも良いけど、チーズ創作料理対決だから、必ずチーズを使うようにね。審査員達には五段階で評価してもらって、総合得点が一番高かった人の優勝。賞金は金貨五枚だ」

俺はみんなに改めて説明する。

「おー！　頑張ってください！」

「ネレ、ニーナ、頑張って！」

サクとサシャが声援を飛ばす。

「チーズがたくさん食べられるぞ！」

大のチーズ好きのクレオは嬉しそうである。

「あ、創作料理だから、レシピは見ちゃダメだぞ？　あくまで、創作！」
俺がそう付け加えているうちに、家事組がチーズや食材をキッチンに用意してくれた。
チーズ創作料理対決、スタートだ！
俺はまず食材を見回した。
創作料理だから、今まで食べた事があるものだと面白くない。
だが、俺にも作れる簡単なものが良いと思うし……
チーズ……チーズ……チーズ？
そうだ！
里芋チーズチップス、なんてどうだろう？
里芋の皮を剥《む》いて、薄くスライスして、チーズを挟んで揚《あ》げ焼きにする。
発想は我ながら良いが、本当に美味しくできるのか？
うーん……
まぁ、やってみるか！
俺は里芋チーズチップスを作り始めた。
悪戦《あくせん》苦闘《くとう》の末、チーズを挟んで揚げ焼きするところまで来た。
俺は油を適量入れたフライパンにチーズを挟んだ里芋を入れる。
良い感じに焼けてきたぞ！

そうして、里芋チーズチップスが完成した。

ロードはクリームチーズディップとクラッカーを、ジライアはチーズ入り焼きおにぎりを、ネレは餅《もち》チーズのグラタンを、ニーナは得体の知れない何かを、それぞれ作った。

ネレ以外は簡単な創作料理に逃げた感じではあるが、どれも美味しそうだ（ニーナ除く）。

そして、審査が始まった。

まず、俺から。

里芋チーズチップスを審査員のクレオ、シルビア、ステイシー、アイシスに出した。

「美味しいぞ！」

「うん、いいわね。今度家事組で作ってみたいわ」

「恐れ入りました……！」

「うんめぇー！」

という感じで大好評だった。

次のロードのクリームチーズディップとクラッカーも好評だったが、あまりにもありきたりな料理だったため、創作料理と言えるのか？　という点で減点されたようだ。

ジライアのチーズ焼きおにぎりは香ばしさとチーズがマッチしていると、こちらも好評だった。

ネレの餅チーズのグラタンは調味料の配分を間違えたらしく、あまり美味しくなかったようだ。

クレオも顔をしかめていた。

そして、ニーナの得体の知れない料理が審査員の前に置かれた。

「ニーナ、それは何なんだ？」

俺はつい聞いてしまう。

「チーズお好み焼きだよっ☆」

ニーナはあっけらかんと答えた。

え、どう見ても豚の餌《えさ》か何か……

とは、もちろん言えないが。

しかし、これが意外にも美味しかったらしく、クレオは大喜びで食べているし、審査員達の皿のお好み焼きはあっという間に消えていた。

そして、審査の結果、意外性を高く評価され、ニーナが一位に。

俺は二位、ジライアが三位、ロードが四位という結果になった。

ニーナは金貨五枚を手にピースサインしている。

「あー、でも、チーズがなくなって良かったわ」

シルビアは嬉しそうに言った。

「今日はマイタケで夜ご飯作るですです♡」

エルメスも安心した表情を浮かべている。

こうして、プロの家事組が料理を始め、チーズ創作料理対決は終わりを告げたのだった。

◇　◇　◇

その日は珍しくギルド組に入れてもらった。

ゲオに言われたのもあるが、たまには訓練しないと体がなまってしまうからな。

その日はダンジョン、天空《てんくう》の塔《とう》の四十階を目指すと言って、みんな張り切っていた。

メンバーは、リーダーのアイシス、ヘスティア、ネレ、サシャ、俺、ビビアンだ。

天空の塔に着くと、アイシス、ヘスティア、俺は前衛、ネレ、サシャ、ビビアンは後衛として力を振るった。

二十階までは余裕で到達し、それからも多少の苦戦はあったものの、なんとか四十階までやってきた。

「ハハッ！　結構余裕じゃないか」

俺は現れたモンスター――ビーストベアを倒しながら言った。

「そりゃ、四十階だもん。私達は百階まで登ったんだから、これくらい余裕じゃなきゃ困るわ」

サシャの言葉はもっともだと感じながらも、戦闘員でない俺にとっては上出来じゃないかな？

とも密かに思った。

四十階に着いた俺達は脱出の鍵を使って天空の塔から離脱した。

ダンジョンの入り口に戻ってくると——

ん？　見覚えのある人影が……

ダルマスだ！

かつて俺を蔑み、父と母とともに辺境を襲撃した弟——ダルマスは、人化したドラゴン族を三人従えていた。

相変わらずドス黒い顔に、髪は逆立ち、目は充血している。

闇落ちしたままだ……

「あのあと、どこかで死んだと思っていたよ。なんの用だ……？」

俺はそう尋ねた。

「なんの用だと？　エイシャル、お前のせいで、父と母は死んだんだ」

「そんなの逆恨みだ！　俺はそもそも、誰とも争う気はない！」

「ほざけっ！　お前のその平和ボケした考えが、俺達の貴族としての誇りに泥《どろ》を塗《ぬ》ったんだ！　まだ、わからないのか⁉」

ダルマスは怒り狂ってわけのわからない事をまくしたてる。

「だったら、どうしようって言うんだ？　この場でケリをつけるのか？」

俺は剣を構えながら言う。

ダルマスも剣を引き抜いた。

そして、ダルマス達四人と俺達のバトルが始まった。

相手のドラゴン族はもちろん強く、ダルマスも闇落ちパワーで体を強化していたのだが、なんとなく戦い方が変だ……

まるで、時間稼ぎのような、そんな戦い方だった。

すると――

「血呪いの魔法！　発動！」

ダルマスがこちらに手を向けてそう叫ぶと、俺の全身から力が抜けていった。

そして……

「せいぜい、生き地獄を味わうんだな、エイシャル」

そう言ってダルマス達は転移魔法で消えていった。

「なんなのさ、アレ？」

サシャが呟く。

「エイシャル、大丈夫か？」

アイシスが俺に手を貸して立ち上がらせる。

「あぁ、少し力が抜けただけでなんともないよ。ありがとな、アイシス」

俺は言った。

その日はそれ以降、特に何事もなく、屋敷に帰って夕飯を食べた。

相変わらず賑やかな食卓だった。

確かにダルマスの言う通り、父と母は死んだ。

何も感じないわけじゃなかったけど、俺は今ここにいる家族を大切にしようと、改めてそう思った。

◇◇◇

休日はあっという間に終わり、仕事の日がやってきた。

俺はスケジュールボードをかける。

みんなはそれぞれの仕事に向かい、俺もハーブ園に足を向ける。

さて、今日はどんなハーブが生えるのかな？

と、思って土の上に手を置いた。

スキル、発動！

……何も起こらない。

あれ？　おかしいぞ。

気を取り直してもう一度！

えいっ！

……何も起こらない。

どういう事だ⁉
ス、スキルが……使えない⁉
そんなバカなと思い、『栽培』や『刀鍛冶《かたなかじ》』、『細工』や『採石』を試すも、全く発動しない。

なんで……？

まさか――

血呪いの魔法……！

ダルマスの言っていた『生き地獄』とは、こういう事か……！

俺はやっと思い至った。


その日のうちに家族会議が開かれた。

俺は仕事が終わったみんなを集めて、スキルが使えなくなってしまった事を伝えた。

「そんな⁉　エイシャルさんがスキルを使えなくなってしまったら……僕達だってどうすれば良いか……」

サクが悲痛な声で言った。

「そう言うなよ、サク。エイシャルが一番苦しんでいるんだからさ」

アイシスがフォローする。

「だけどぉ。サイコとの最終戦も控《ひか》えてるのに、どぉするのぉ？」

ダリアがもっともな意見を言う。

「俺は諦めないよ。なんとかしてこの呪いを断ち切る方法を考えるつもりだ」

「だけど、エイシャルさん。その呪いを解くにはやはり、ダルマスさんを倒すしかないんじゃありませんの？」

リリーがそう尋ねると、ジライアが口を挟む。

「いや、リリーさん。元々はサイコの魔法でしょうからね。サイコを倒さないとダメなんじゃないですか？」

「えーと、で、でも、エイシャルさんの力はサイコを倒すために必要であって……でも、そのサイコを倒さないと力は戻ってこない……って事ですよね？　すみません、間違ってたら……」

ステイシーが控えめに言う。

「いや、その通りなんだよ、ステイシー。なんとか、この呪いを解く他の方法があれば良いんだけど。まぁ、ないよね……」

俺は落胆しながらそう言った。

「まぁ、そう落ち込んでても仕方ないじゃない？　しばらくはエイシャルにはのんびりしてもらって、みんなで力を合わせて頑張りましょう！　スキルがなくてもできる事は山ほどあるわ」

シルビアが俺を元気づける。

「そだねっ、エイシャル、元気出してねっ！」

ニーナも励ましてくれた。

「しかし、やはり呪いを解くにはまずはダルマスの居場所ですかな？」

ビッケルが言うと、ネレもぽつりとこぼした。

「どこにいるの……？」

「魔王大陸……」

ロードも同じようにぼそっと呟いた。

『いや、スキルがない状態では魔王大陸に行くのは危険だぞ』

ヘスティアが言うと、ラボルドがため息をついた。

「なんだか、いたちごっこみたいでありますね……」

そうなのだ、サイコを倒すためにはスキルが必要。でもサイコを倒さないとスキルは得られない。

まるで、いたちごっこだ。

とにかく話し合っても中々結論は出なかったので、しばらく俺は仕事を休ませてもらう事にした。

と言っても畑作業や果樹園くらいは手伝えるだろう。

そうして、しんみりした雰囲気の中、夕飯を食べて、その日の家族会議は終わった。

俺は寝る前にふと考えた。

スキルがない事がこんなにも大変で辛い事だとは思っていなかった。

いや、前にも一度スキルを失った事はあるが……

今度は終わりの見えない戦いだ。

そんな事をもんもんと考えながら眠りについた。

◇◇◇

以降、俺はスキルがないながらも、敷地の仕事を積極的に手伝った。

水撒《みずま》きや、除草作業、牧場の片付けまで、なんでもやった。

だから、それなりに忙しく変わらない日々を送っていた。

ただ、『飼育』スキルを持たない俺はウォルル達には乗れないし、ハーブ園もキノコ栽培所も整備できないので枯れはじめていた。

そんな中、みんなでチャリティー市に行く事になった。

チャリティー市とは、何か?

それは世界の恵まれない子供達に寄付をするために、ものを売るという市場だ。

以前のバザーではいらないものを売ったが、今度は一円でも多く寄付するために、売れそうなものを選ばなければならない。

ちなみに、新品未使用の方が高く売れる傾向にあるそうだ。

俺はこの日のために以前『刀鍛冶』で作っておいた、炎《ほのお》の赤槍《あかやり》を売りに出す事にした。

きっと高く売れるに違いない。

俺達はそれぞれ、売れそうなものを持ってセントルルアの町のチャリティー市に向かった。


受付に売るものを預けて、説明を受けた。

「ようこそ、チャリティー市へ。エイシャル様ですね？　エイシャル様は、炎の赤槍をチャリティーに出されるとの事、誠にありがとうございます。さて、これから、市場内に炎の赤槍を展示いたします。そして、その展示の前にこのような四角い箱を置きます。投票口のついたこの箱は、特殊な魔法機械を使わないと開きません。その箱にお客様がご自分の出せる額の値札を投票します。そして、値段が一番高かったお客様の落札です。なお、その額は全て世界の恵まれない子供達に回っていきますので、エイシャル様に儲けはありません。ここまで、よろしいですか？」

案内の女性に、俺は頷いて答える。

「はい、大丈夫です」

「では、次に買う場合について。欲しいものがあり、買いたいと思ったら、先ほども申し上げた通りに、投票をしなくてはなりません。もちろん、他のお客様の金額はわからないわけですから、欲しいと強く思った場合、高値をつけて投票する事をお勧《すす》めします。お客様方には、五枚の投票券を差し上げております。投票券にはエイシャル様の個人番号が記載されており、最高額を記入された場合、その商品を後日お送りいたします。その時にお支払いもされてください。説明は以上になりますが、何かご不明な点はありますでしょうか？」

「いいえ、ありません。ありがとうございます」

俺はそう答えて投票券を五枚受け取り、チャリティー市に臨んだ。

しかし、チャリティー市の仕組みは少し複雑だな。

アイシスやジライアはちゃんと聞いてるのか、説明を。

そんな事を思いながら、チャリティー市の入り口付近でみんなが揃うのを待った。

そういえば、みんな何を出品したんだろうか？

あれこれ想像していると、みんなが集まったので、俺は何を出したのか聞いてみる事にした。

「私は魔法仕切りフライパンよ。もちろん、新品だわ」

シルビアが自信ありげに言う。

「俺……高性能魔法ノコギリ……」

ロードは今は使っていない仕事道具を選んだらしい。

みんな、それぞれ大切なものを出したようだ。

展示品を見て回ると、色々売っている。

ある場所は人だかりになっており、覗いてみるとそこには魔法自動車なるものが売っていた。

魔法自動車って一体何なんだろう？

展示品の説明欄には、ドラゴンとも渡り合えるスピードの乗り物、とだけ書いてある。

魔法金属で作られ、馬車の車輪をゴツくしたようなものが四つついている。

窓もあり、画期的な見た目だ。

これを落札するのはどんな人なんだろうなぁ？

そんな事を思いながら、俺はオペラのチケットに番号の入った札を入れた。

それほど欲しいわけではなかったので、銀貨三枚という値段を書いておいた。


投票の時間が終わり、結果発表のため隣の広場に設置してある椅子に座って待つ。

俺達が囲む丸テーブルには『エイシャル様御一行』という立て札が置かれており、そんな八人がけのテーブル席を三つ占領した。

「ねぇねぇ、みんな何に投票した？　私は高級ネイルセットに結構奮発したわ！」

サシャは自信があるようだ。

「ネレ、卓球ラケット……」

「僕はモンスター辞典の最新版ですね。僕以上に出した人はいないと思います」

ネレとサクが話に乗る。

「私はダイヤモンドのブレスレットですわ。でも、あの額じゃ落とせませんわよねぇ。はぁ」

リリーはアクセサリーが欲しいようだが、お財布事情は厳しいようだ。

「ビビね、お子ちゃまメイクアップセットなのだー！」

「あら、ビビアンもお化粧なんてする年なのねぇ」

シルビアが感慨深げに言う。

「ビビにはまだ早いだろう？」

俺がお父さんにでもなったように言うと、ビビアンはべー、と舌を出した。

「早くないもーん！」

……まぁいっか。

お子ちゃまメイクアップセットだし。

「ルイス、さっきから黙ってるけど、お前は一体何に投票したんだ？」

「えぇ、僕は……」

ルイスが言いかけた時、発表の太鼓《たいこ》が鳴った。

『さて、チャリティー市にお越しくださり誠にありがとうございます！　皆様の善意によって恵まれない子供達の衣類や食べ物、はたまた学校などを建てる事に使えるお金ができれば……と思っております。たくさんの投票ありがとうございました！　では、一番高額だったものから発表したいと思います！　それは……魔法自動車です！！！』

司会者が発表すると、広場のみんながどよめいた。

『最高額はな、なんと！　金貨四百五十枚！！！』

さらにみんなから歓声が上がる。

金貨四百五十枚かぁ。

金持ちがいるもんだなぁ。

俺は感心する。

『魔法自動車を金貨四百五十枚で落札したのは……ルイスさんです！』

ル……イス？

それを聞いて俺の時間は止まった。

「おいっ！　ルイス！　まさか、お前じゃないよな!?」

「いえ、僕ですよ？」

ルイスはサラリと答える。

「お、お前っ！　金貨四百五十枚も金持ってねーだろ！」

「え？　金額を当てた人が商品をもらえるんじゃないんですか!?　まさか……僕が金貨四百五十枚払うんですかぁ!?」

ルイスは驚いた様子で言った。

いや、驚いてるのはこっちだ！

「当たり前だろ！　チャリティー市だが、オークションみたいなもんなんだから！　誰がタダで商品をくれるんだよ！　こっちが払うんだよ！」

俺は怒ってルイスを責め立てる。

「ちょっとエイシャルっ。そんな事言ってる場合じゃないよっ。ほら、インタビューが……」

ニーナが言い終える前に、司会者がやってきてルイスに魔法マイクを差し向けた。

『いやぁ、ルイスさん！　落札おめでとうございます！』

「ははははは……」

苦笑いするルイス。

広場の人々からは金貨四百五十枚の高値をつけたルイスに拍手喝采が起こっている。

それに、手を振るルイス。

やーめーろー！

そんな事したら、本当に買わなくちゃいけなくなるだろ！

『この金貨四百五十枚で、学校が建ちますよ！　ルイスさん、素晴らしい人ですね！　皆さん、もう一度大きな拍手を！！！』

「いいぞ、ルイスさん！」

「よっ！」

「素敵ぃぃー！」

「金持ちは違うなぁ！」

そんな声までが飛び交い始め、もうあとに引けなくなってしまった。

「エ、エイシャルさん……」

ルイスが捨てられた子犬のような表情で俺を見る。

「……わかったよ。その代わりルイスは当分給料なしだぞ！」

「エイシャルさぁん！　ありがとうございます！」

俺が腕組みして言うと、ルイスは鼻を垂《た》らして泣く。

「えっ、金貨四百五十枚払うのっ？」

ニーナが驚いたように尋ねてくるので、俺はため息をついた。

「仕方ないだろ？　もう、いいよ。はぁ……」

まぁ、今はかなり貯蓄があるので、別に払えない額じゃない。

顔が真っ青になり飲み物も喉を通らないという感じのルイスに呆れているうちに、チャリティー市はあっという間に終わっていった。

「いいじゃねーか、エイシャル。俺、魔法自動車乗ってみたかったんだよ」

アイシスがルイスをフォローする。

「カッコいいぞ……」

ロードも魔法自動車に乗れる事が嬉しそうだ。

「お前らなぁ……いくら魔法自動車だからって、金貨四百五十枚は高すぎだろう……」

予想外の大出費で俺はあまり嬉しくはない。

というわけで、ルイスのアホのせいで、俺達は魔法自動車をゲットした。


しかし、これが意外と活躍した。

雨風、雷の日でも走れるし、魔力が原動力になっており、燃費もいい。

アイシスやジライア、ロードなどは、運転も上手く、後部座席ではすやすやと眠れる。

うーん、これは便利だ！

そんなこんなで、チャリティー市は終わったのだった。

◇◇◇

その日、畑や果樹園の収穫などが一段落し、俺はある人物のところに行く決心をした。

それは……ゲオだ。

『スキルコピー師』という職業のアイツなら、俺の呪いを解く方法を知っているかもしれない。

そう思ったからだ。

俺は馬でゲオの牙狼団の訓練所に向かった。

「よっ、ゲオ！」

「なんだ、お前か……お前が来ると、ろくな事がないからな……」

到着した俺が挨拶すると、ゲオはすでになんらかを察知したようにそう言った。

「ちょっとケル・カフェに行かないか？　もちろん、奢るからさ」

そう言って誘うと、ゲオは渋々頷いた。

「あぁ。別に良いが……」

そうして、ケル・カフェに場所を移す。

店に入り注文を済ませると、俺は話を切り出した。

「遠回しに言っても仕方ないから、単刀直入に言う。俺はスキルが使えなくなった」

それを聞いてゲオは水を噴き出した。

「はぁ!?　またあの、恋をすると魔法とスキルが使えなくなる病、か？」

まあ、そう考えるのが妥当だよな。

しかし、俺は首を横に振る。

「いいや、それが違うんだ。あの病は収束したし、ポーションもあるだろ？　俺さ、ダルマスの奴に呪いをかけられたらしいんだ……」

「ダルマス……確かサイコに下って闇落ちした、お前の元家族だよな？」

ゲオは確認するように尋ねてきた。

「そうなんだ……俺の事を相当恨んでるらしくてさ。生き地獄を味わえ、って捨て台詞を吐いて呪いをかけて逃げていったよ」

「……そうか」

ゲオは神妙な面持ちでそれだけ言った。

「なぁ、お前のスキルで、俺のスキルを復活させられないか!?」

俺は藁《わら》にも縋《すが》る思いで聞いてみる。

「そうしてやりたいところだが、その呪いを解くようなスキルは持ち合わせていない……」

「そうか……」

俺はがっかりして肩を落とした。

「だが、もしも、それが本当に呪いのせいなら、解く方法がある」

「え!?　本当か!?」

ゲオの言葉を聞き、身を乗り出す。

「呪いは愛が強まった時に解けるのさ」

「愛……？　なんだよ、ふざけてるのか？」

「ふざけてるんじゃない。呪いは愛の力に弱いんだ」

ゲオは真剣な表情を浮かべて俺に言う。

確かに御伽噺《おとぎばなし》では王子様の愛で呪いが解ける事などがあるが……

「そう簡単に愛って言われても……愛にも色々あるだろ？　家族愛とか夫婦愛とか……」

「それは自分で考えるんだな。とにかく俺が言える事はそれだけだ」

ゲオは勘定《かんじょう》を俺に押しつけると去っていった。

「愛、ねぇ……？」

そう言われてもどうすればいいのか、ピンと来ない。

シルビアから愛されれば呪いは解けるのか？

俺はそんな事を考えながら、辺境の敷地に帰っていった。

◇◇◇

その日、仕事は休みで、しかもみんな給料日前で屋敷でゴロゴロしていたので、家事組の提案で、みんなでピザを作る事になった。

揃えた具材は三十三種類と家事組も気合いが入っている。

ピザ生地がそれぞれのテーブルの皿の上に置かれて、ピザ作りがスタートした。

具材は大きく分けて四つのカテゴリーになる。

1：野菜
2：肉
3：魚介
4：変わり種

俺は肉か魚介で迷った結果、魚介ピザを作る事にした。

もちろん、魚介と肉を混ぜてもＯＫだ。

ピザ作りにルールなどない。

しかし、ビビアンを見ると、変わり種の具材を使って、チョコバナナピザを作っていた。

さすがに……

「ビビ、ピザはデザートじゃないんだから……」

「良いの！　ビビ、チョコバナナが食べたいのだ！」

ビビアンは譲らないようだ。

ふと、クレオを見るともう出来上がったみたいだ。

え、早くない？

だがよく見ると、クレオのピザは具材なしで、トマトソースにチーズがふんだんに載せてあるだけである。

「クレオ、いくらチーズが好きだからって……！」

俺はまたも口うるさく注意する。

「これで良いんだぞ！」

クレオも意地を張った。

「まぁまぁ、エイシャルさん、ピザ作りは自由ですから。それにみんなでシェアして食べるわけですし」

サクがフォローする。

「俺はあんなチョコバナナなんて食べたくないぞ……」

そう言うと、ビビアンがムキになって舌を出す。

「エイシャルにはあげないのだー！　ベー！」

そんなこんなでとにかくみんなで楽しくピザを作った。

俺はエビとサーモンをふんだんに使い、アクセントにピーマンを置いた。

うん、中々の出来だ！

石窯《いしがま》と魔法トースターを使って、全員分を一気に焼いていった。


そうしてみんなのピザが完成した。

できたてのピザをみんなでシェアして食べる。

「あ、ルイスの焦げてるわ」

サシャが指摘すると、リリーが言う。

「あらあら、火加減が強かったかしら？」

「ふん、どうせ僕のは美味しくないですよ！」

ルイスは大人気《おとなげ》なく拗《す》ねている。

「まぁまぁ。おっ、マルクのは、ナスとベーコンでドラゴンを作ったんだな」

俺はマルクのベーコンナスドラゴンピザを褒めた。

「わー、すごいのだー！　ビビ、ドラゴンさん食べたい！」

ビビアンが言い、クレオも欲しいと泣き出したので、マルクには二枚目を作ってもらう事にした。

「あっ、ニーナ、チョコバナナ欲しいっ」

「わ、私も一つよろしいでしょうか……!?」

ニーナとステイシーが言った。

ビビアンのチョコバナナピザは女性には人気があるようだ。

あらかた食べ終わったあとも、夕飯のためにそれぞれが二枚目を作っておく事にした。

ビビアンは相変わらずりんごカスタードという不思議なピザを作っている。

クレオはミートソースを塗った生地に、またしてもチーズを大量にトッピングしていた。

俺は注意するのを諦めて自分のピザを作る事にした。

じゃがいもとバジルソースで、爽やかなじゃがバジルピザを作ろう。

トマトも彩りのために載せて……

うん、我ながら美味しそうだ。

シルビアのピザをチラリと見ると、ハムとコーンを切って、豚の顔をかたどった豚さんピザを作っていた。

もうすでに、クレオとビビアンの取り合いが始まっているようだ。

「できましたわ！」

そう声を上げたリリーのピザを見ると、キャビアがてんこ盛りでズワイガニとサーモンをメインにしたものだった。

うーん、高級志向なリリーっぽいピザだなぁ……

とはいえ、俺も食べてみたいぞ。

リリーの作ったピザは大人に大人気でじゃんけんとなったが、俺はなんとか勝ち残り、キャビアピザをゲットした。

「黒いぶつぶつがのってるぞ！」

「う〇ち、なのだ！」

「ちがーう！　食べたくなくなるだろ！　これはキャビアと言ってだな……サメの……」

俺がクレオとビビアンに説明しても、二人は「う○ち、う○ち」と連呼して走り回っている。

まったく……

「おぉ、できましたぞ！」

そんな時、ジライアがそう言ったので、みんなが彼の手元を覗く。

ミートソースの上に照り焼きチキン、ポーク、サラミ、ベーコン、ウインナーが載ったピザができあがっていた。

「これぞ、男の闘魂《とうこん》肉ピザ！」

ジライアは自信満々に名前を告げた。

こちらも、すごい人気でじゃんけん制となった。

俺はキャビアピザがあるので、参加しなかったが。

ステイシーは健康志向らしく、玉ねぎとマッシュルームとナスで野菜ピザを作っていた。

こちらも、結構人気があるようだ。

サシャなんか、カレー餅ピザというわけのわからないものを作って、案の定誰も食べなかった。

こうして個性豊かなピザが揃った俺達の夕飯は、大盛り上がり。

シルビアとリリー達が、コンソメスープとサラダも作ってくれた。

キャビアピザは塩気と魚介の美味さが出ていて最高だった。

俺含め男性陣は酒を飲んで、夜遅くまでピザパーティーは続いたのだった。

俺はスケジュールボードを書くのをすっかり忘れて、気づいたらリビングのソファで眠っていた。

誰かが毛布だけかけてくれたようだ。

こうして、ピザ作りの休日はあっという間に終わり、次の日、みんな二日酔いの頭を抱えて仕事を始めるのだった。

◇◇◇

その日、仕事――と言ってもみんなの手伝いだが――が終わり、みんなも帰ってきて屋敷で賑やかなご飯を食べて、夜の自由時間になった。

俺は新聞を読もうとしていたが、サシャとアイシスに卓球に誘われた。

しかし、変だなぁ？

卓球するなら、あと一人いないと、ダブルスはできないぞ？

三人なら、シングルスでやるのか。

そんな事を思いながら卓球部屋へ向かった。

すると、ホワイトボードが卓球台の代わりに用意されていた。

「え？　なんだこれ？　卓球するんじゃないのか？」

俺が不思議に思って尋ねると、アイシスがにやりと笑う。

「今日は！　エイシャルとシルビアの恋のキューピッドである俺達が、エイシャルに恋が上手くいく秘訣を教えてやるぜ！」

そう言ってアイシスがホワイトボードを回転させると――

『エイシャル♡シルビア　恋の大作戦！』

と書いてある。

「な、なんだこりゃあ⁉」

「何って見ればわかるわよ。エイシャルがもたもたしてるから、私達がこうして作戦を立ててるんじゃないの！」

サシャがなぜか怒ったように言う。

「そんな事言ったって、向こうの気持ちもあるし……」

「まぁまぁ、そんな奥手なエイシャルに、とっておきの方法を伝授してやるよ！」

アイシスはなんだか楽しそうだ。

「そうそう、あたし達がプレゼンするから、ちょっと見てて」

そう言ったサシャに、俺は聞き返す。

「プレゼン？」

「まず、モテないそこのあなた！」

アイシスが切り出した。

モテないは、余計なお世話だ！

俺は心の中で毒づく。

「まずはさ、俺が日々モテるためにやってる必殺デートテクニックをエイシャルに伝授しようってわけ。名付けて！『イカした魔法自動車でメロメロよ！　かっこいいドライブとピクニック！』」

アイシスが言い、サシャがホワイトボードに書き込んだ。

ネーミングからダサい気がするけど、アイシスとサシャは至って真面目なようだ。

「なんだよ、その……えーと、イカした……？」

「良いか？　エイシャル。本人がたとえフツメンでも、付属品によってはかっこよく見えるもんなんだよ。魔法自動車は世界に十台しかない。それで、シルビアを助手席に乗っけてデートに連れ出せば……どうだ？　シルビアだって、まんざらじゃねーよ！　あぁ、魔法自動車の運転はかっこよくやってくれよな！　それも俺が指導するからさ！」

「ピクニックでは、シルビアに花を持たせて、お弁当を褒めまくる事！　良いわね？　あとは、飲み物なんかもさりげなく買ってくるのよ！　間違っても、シルビアに重たい弁当箱を持たせちゃダメ！」

アイシスとサシャが口々に言う。

そんなこんなで、デートテクニック勉強会は深夜まで続いていった。

延々と夜のデート講座を受けた俺は、その次の休日、シルビアをデートに誘う事にした。

もしかしたら、ここで愛が芽生えて、呪いが解けるかもしれないし……

◇　◇　◇

「シ、シ、シルビア……！」

「なぁに？」

ついに当日、俺が声をかけると、シルビアは魔法冷蔵庫の中身を点検しながら答えた。

「よ、よかったら……！」

「うん」

「買い出し連れてってあげようか!?　ほら、魔法自動車があるし、すぐだよ！」

俺はデートという言葉を言えずに全く違った言い回しをしてしまう。

「ありがとう。だけど、うーん、今日と明日の分はあるから、まだ良いわ」

あっさり断られてしまった。

いや、しかし、ここで引くわけにはいかない……！

「俺ね、その、魔法自動車の運転ができるようになったんだ……！　だから、その、シルビアに……」

えぇい！

察してくれよ！

「？　……そうね、久しぶりにエイシャルとデートしたいわ」

「そ、そう!?　いやぁ、俺は別にどっちでも良かったんだけどね。ははっ！」

黙れ、俺の口。

余計な事を言うんじゃない！


というわけで、なんとかデートに漕ぎ着ける事ができた。

アイシスとサシャは見て見ぬふりをしつつも、ニヤニヤと笑っている。

俺はそれを無視し、外に出て魔法自動車のエンジンをかけた。

「わぁ、意外と広いのね！」

シルビアが助手席に乗って言う。

「そ、そうだね！　世界に十台しかないし、高かったからね！」

俺はもう自分が何を言っているのかもわからない。

あれ？

アイシス曰く、気の利《き》いたジョークでも言うんだっけ？

「シ、シルビア。セントルルアに塀ができたって聞いて、俺はこう答えたんだ。へー！　ってね……は……はっ……！」

フレイディアの冷気が流れたような空気になってしまった。

いかん！

だ、大丈夫だ。

かっこいい運転で取り返すんだ！

俺は車をバックさせる時にシルビアの助手席に手をかけ……ようとして、シルビアの頭にチョップしてしまった。

「エイシャル！　痛いじゃないの！」

「ご、ごめん！」

こんなはずじゃなかった……よな？

踏んだり蹴ったりだったが、それでもなんとか魔法自動車を発進させた。

「わぁ！　すごい速いわ！　馬車よりずっと！」

シルビアは窓の外を眺めながら、そう言った。

ほっ……

なんとかそれらしくなってきたな。

「ドラゴンと同じくらい速く走れるからね」

「素敵ね！」

おぉ!?

『素敵』がキター！

俺は興奮しつつも魔法自動車をまっすぐな道に走らせる。

「どこに行くの？　エイシャル？」

「んー……」

サシャの指示では、ピクニックだった、よな？

「セントルルア公園に行かない？」

「良いわね」

というわけで、車をセントルルアに走らせた。


その後、緊張も解けてきた俺は色んな話をして、シルビアとのドライブを楽しんだ。

町に着いてレストランでテイクアウトし、セントルルア公園に向かう。

「わぁ、お花が咲いてるわね、なんていう花かしら？」

シルビアがそう言って首を傾げたので、俺はたまたま知っていたその花について教える。

「シルビア、それは、ナス科ペチュニア属、学名はPetunia hybridだよ」

「そ、そう……く、詳しいのね……」

しまった！

シルビアは完全に引いている。

ここは、情緒のある男をアピールしなくては。

「あ、黒猫が横切ったよ！　可愛いね！」

「…………」

何かまずい事を言ったのだろうか？

とにかく良くない雰囲気だ。

このままじゃ、デートは失敗。

そうだ、お弁当を褒めるんだ。

俺達は見晴らしの良い原っぱで、お弁当を広げた。

「いやぁ、美味しいなぁ！　いつも食べるご飯より数段美味しいよ！」

俺は感想を言った。

「それどういう意味よ！」

シルビアが怒ったところで、やっと自分の言葉の意味を理解した。

よく考えたらこれはテイクアウトしたお弁当で、シルビアが作ったものじゃない……

そう気づいても時すでに遅し。

シルビアは口もきいてくれなくなった。

超まずい空気が流れる……

「シ、シルビア……ごめん、いつものご飯の方が本当は断然美味しいよ……実は……」

それから俺はアイシス達からアドバイスをもらっていた事を正直に話した。

「まぁ、それで変な事ばかりしてたのね。エイシャル、デートにマニュアルなんてないわ。自然体が一番よ」

シルビアは笑ってそう言った。

良かった、許してくれたみたいだ。

「エイシャル、ボートに乗らない？　せっかく天気も良いんだし」

「いいね！」

俺達はボートに乗った。

俺が漕ぐと言ったのだけれど、シルビアは前に俺にもらった力持ちブレスレットがあるからと、オールを持って漕ぎ始めた。

「気持ちいい風だね」

俺も、もうカッコつけるのをやめて言った。

「本当ね。あっちの岸までいっちゃいましょう！」

シルビアはそう言うと、リズムよくオールでボートを漕いだ。

岸に着いてボートから下りると、池の鯉《こい》に餌をあげた。

あれがロードに似てるとか、それはビビアンのように小さいみたいな他愛《たあい》ない話で俺達は盛り上がった。

そして、楽しかったデートも終わって屋敷に帰る事にした。

呪いは解けなかったが、それはもうどうでも良かった。

「結局、私達はあの賑やかな屋敷が好きみたいね」

「本当にそうだね」

そう言って俺達は顔を見合わせて笑った。

屋敷に戻った俺は、デートの様子を聞きたがるアイシスとサシャに事情を説明した。

「二人には感謝してるけど、やっぱり俺にはかっこいい男は無理だよ。自然体が良いって、シルビアにも言われた。でも、楽しかったぞ。ありがとう、二人とも」

そうして、デート講座クラブは解散したのだった。

◇　◇　◇

その日、ガオガオーショップがオープンしたという事で、全員でセントルルアに向かった。

クレオはもちろん大はしゃぎだったが、女性陣もなぜか喜んでいた。

それは、新聞にも書いてあったが、豪華イケメン俳優陣によるところが大きいだろう。

セントルルアの町は一面ガオガオーの装飾で飾りつけられていて、ガオガオーレストランやガオガオーケーキ店、ガオガオーアイス店まである。

ケル・カフェもガオガオーのキーホルダーがおまけにつくと看板に書いてあった。

しかし、男性陣もガオガオーショップには浮き足立っていた。

やはり、ガオガオー号や、ガオガオーの変身ベルト、ガオガオーメガネなどは、少年心をくすぐるものがあるのだ。

というわけで、ビビアンとルイス以外は全員ワクワクでガオガオーショップに行ったのだが……

そこには、三百メートルはある行列ができていた。

「しまったなぁ……！　少し来るのが遅かったか？　いや、でもまだ朝の八時だしなぁ？」

俺は首を傾げる。

「甘いわよ、エイシャル！　イケメンへの女の執念はすごいの」

サシャが言う。

「じゃあ、あの行列に並ぶのか……？」

「せっかくこんなに人数がいるのですから、手分けして並びましょう！　まず、俺とサクで並びますよ！　一時間経ったら交代に来てください」

ジライアが言うので、そうする事にした。

俺達はジライアとサクに行列を任せて、ケル・カフェに入った。

クレオはおまけのキーホルダーを早々にもらってご機嫌だ。

「オレさま、新しい変身ベルトとな！　それから、ガオガオーメガネと！　ガオガオーバングルと……えーと、それから……」

クレオはみんなに必死で話している。

「わかったわかった……！　買ってやるから、少し落ち着け、クレオ」

ため息を吐きクレオをさとして、ケル・コーヒーを飲む俺。

その時、ゲオ達が入ってきた。

パーティ牙狼の正規メンバーのようだ。

「おぉ、エイシャルか……なんだ、ガキ連れか……？」

ゲオが言う。

「ガキじゃないのだ！　ビビアンとクレオなのー！」

ビビアンが反論した。

「あ、あぁ……そ、そうか……」

ビビアンに押され気味のゲオに苦笑いしながら、俺は話しかける。

「どうだ、最近は？」

「まぁな、スキル学園からの人材が結構良いのがいるんだよ。あぁ、そうだ。お前の屋敷に行こうかと思ってたんだ」

ゲオは席に着いて言った。

ちなみにスキル学園とは、優れたスキルを持つ者を集め、サイコとの最終戦に向けて人材を育成する場所だ。それにしても……

「え、お前が屋敷に？　なんで？」

「第二回首脳会談があるらしい。シャイド国以外の五ヶ国と俺とお前とアンドラの八人で」

俺の問いにゲオはそう答えた。

えぇぇぇぇぇ⁉

首脳会談に俺が出るのか⁉

あ、そっか。普段は思いきり忘れているが、俺は大陸を統《す》べる制王だったっけ……

スキルは使えないけど、いいのかな？

「しかし、一体何を話し合うんだろう？」

俺が首を傾げると、ゲオが当たり前のように言う。

「そりゃ、サイコやシャイド国の王とどう戦っていくのかじゃないのか」

「だけど、シャイド国は敵だと決まったわけじゃないんだろう？」

そう尋ねると、ゲオはコーヒーを飲み、首を横に振る。

「いいや、ほぼほぼ闇落ちしている事には間違いない」

「じゃあ、シャイド国との戦争になるから、その話し合いって事？」

俺はよく意味がわからないまま再び聞いた。

「いいや、これはカンダルの研究所が発表したんだが……サイコが血魔法で闇落ちさせているとするならば、根源を絶てば闇落ちした奴も元に戻るそうだ」

ゲオが思いもよらぬ言葉を口にした。

「じゃ、じゃあ！　サイコさえ倒せば、たくさんの闇落ちパーティが正気に戻るって事かよ!?」

俺は興奮気味に言う。

「そうなるな……」

「それなら話は早いな」

「エイシャル、そうは言うが、今のサイコは俺よりも強い。そう簡単に倒せはしない。しかもお前はスキルの力も失っているんだ。それに、サイコは表に決して出てこず、魔族や闇落ちパーティを操っている」

ゲオが眉間《みけん》に皺《しわ》を寄せて言うが、俺は楽観的だ。

「まぁ、強いのはわかってるけどさ。俺達が束《たば》でかかれば……」

「さぁ、どうかな……とにかく首脳会談は一週間後のガルディア城で行われる。確かに伝えたぞ」

そう言ってゲオ達牙狼はケル・カフェをあとにした。

「大人の話はなっがいのー！」

ゲンナリした様子でビビアンが文句を垂れる。

クレオも退屈していたようだ。

「すまんすまん。よしっ、そろそろ俺とシルビアが交代してくるよ。みんなはもう少し待っててくれ」

俺はシルビアと二人で、ガオガオーショップの行列に向かった。


列はけっこう進んでおり、もうすぐ店内に入れそうだった。

「あぁ、エイシャル様、シルビアさん。交代お願いしますね」

ジライアが言い、俺達はバトンタッチした。

「この前のデートぶりね、エイシャルと二人なのも」

シルビアが言う。

「そ、そうだね」

俺は緊張しながらもなんとかそう言った。

「あっ、あの俳優さんかっこいいのよ！」

シルビアがガオガオーショップの看板に描いてある俳優を指した。

トホホ……

やっぱりシルビアもイケメンが好きなのか。

確かに看板の俳優は顔の大きさも俺の半分ほどで、イケメンでかっこいい。

その看板を見ると、俺は何も言えなくなってしまった。

そうこうしている内に、クレオやビビアン達が合流した。

「もうすぐだぞ！」

「もうすぐなのだ！」

ようやくガオガオーショップに入ると、ガオガオーの赤のミニバイクが一番前にディスプレイしてあった。

もう、クレオは大興奮で、ミニバイクから離れなくなってしまう。

よくよく値段を見ると……金貨十枚!?

「ク、クレオ！　あっちにガオガオーの腕時計があるぞ!?」

「嫌だぞ！　オレさま、これ買って帰るんだ！」

「だけど、それは……金貨十枚で、ゴニョゴニョゴニョ……」

俺が口ごもっていると、シルビアがやってきた。

「あら、エイシャル、クレオが可哀想よ」

「可哀想ったって、子供に金貨十枚は使えないよ」

NOと言うと、クレオも負けじと言い返してきた。

「オレさま、これじゃないなら買わないぞ！」

「クレオ、良いから離れなさい！」

「いやだぁぁ！　オレさま、これにのってリリアと走るんだ！」

クレオは赤いバイクにしがみつく。

俺とクレオのやり取りを他のお客さんが見て笑っている。

「クレオっ！　諦めろ！」

「いやだ！　オレさま、赤いバイクにのるんだ！」

クレオは泣きながら、なおもバイクにしがみつく。

結局、俺は根負けして、赤いミニバイクを買ってあげる事にした。

大散財した俺をよそに、女性陣はガオガオー俳優のポスターやら、マグネットやらを買い、童心に返った男どもはプラモデルなどを購入したようである。

とんだガオガオーショップオープンデイだったな……

そうして、色んな事がありながらも俺達は家路についた。


クレオは早速ガオガオーの赤のミニバイクで敷地内を駆け回った。

あとで自動収納式の魔法ジェットの翼をつけて空を飛べるようにしたら、とても喜んでいた。

良かった良かった。

三輪車を改造した古いガオガオー号はどうしようか？

そう考えた末、俺は元三輪車のそれを組み替えて、サドルを高くして自転車風にし、敷地内スイスイ自転車を作った。

この敷地は広いからな。

敷地パトロールする時に使おう。

町から帰ってきたあとも、休みなのに汗水垂らしていると、シルビア達が夕飯に呼びに来た。

俺は急いでダイニングに向かう。

今日のメニューは、塩肉じゃがに、グリンピースとツナのパスタ、レタスと海苔《のり》のめんつゆマヨサラダ、卵のコンソメスープだった。

塩肉じゃがはさっぱりしていて、普通の肉じゃがより美味しい。レタスと海苔のめんつゆマヨサラダは、マヨネーズとめんつゆがマッチして、あまじょっぱくて良かった。

欲しいものが手に入ったクレオは上機嫌で夕食を食べている。他のみんなも今日はとても楽しかったようで、和気藹々《わきあいあい》とした夕食だった。

さて、第二回首脳会談はどうなる事やら……

◇　◇　◇

それから一週間後、俺は第二回首脳会談のあるガルディア城に馬に乗って向かった。

今は『飼育』のスキルがないので、いつものようにウォルルに乗っていく事はできなかった。

到着すると、会議室にすぐに通された。

そこには、ガルディア王、ビリティ王、ローズフリー王、サイネル王、ゲオ、アンドラが揃っている。

そこに俺を加えたのが、首脳会談のメンバーらしい。

「では、今日の議長は私、サイネル王が担当します。まず、皆様、今日はよく集まってくださいました。さて、第一回首脳会談ではシャイド国の王が闇落ちしたのではないか？　という仮定まで辿り着きましたが、新たな情報や提案などありませんか？」

サイネル王が言うと、ローズフリー王が手を挙げる。

「それなら、我が国はシャイド国に対しての経済制裁を決定しましたぞ」

「そんな事、とうに我が国ではやっておりますぞ」

ビリティ王が負けじと言った。

「ふん、我が国だって、貿易の停止を決定していますわい」

とガルディア王。

「あのー……そんな張り合いよりも、シャイド国がどうしてシャベルらしき魔道具を持って出没しているのかを考えるのが重要なのでは……？」

俺がそろりと手を挙げて発言すると、ゲオも頷く。

「その通りだ……です。国同士の張り合いなら外でやってくれ……ください……ここではケンカも見栄も必要ない」

相変わらず敬語が苦手なようだ。

「それならば、私に新しい情報がありますよ。シャイド国の兵士達はどうやら、ダンジョンの入り口付近に出没しているようですね」

アンドラが言った。彼は正義の味方を名乗って闇落ちパーティから町を守っていたが、実際は魔王の息子。

しかし、サイコと対立して魔王軍を離れ、今は人間サイドの味方となっている。

「ダンジョンの入り口付近に……一体なぜだ？　しかもシャベルを持って、だろ？」

俺は首を捻《ひね》ると、ゲオが言う。

「シャベルなら、何かを掘りおこしてるんじゃないか？　普通に考えて」

「一体何を？」

さらに首を傾げる俺。

「さぁ？　それはわからんが……」

その後も、ああでもないこうでもないという、結構しょうもない話で時間が潰れて、第二回首脳会談は終わった。

「では、第三回首脳会談は二ヶ月後とします。それまで、この首脳会談で話した事などは、決して、決して、口外しないようにお願いします。では解散！」

というわけで俺達は解散した。

はぁ……

なんだか、実があったようなないような……

いや、なかったんだろう。

これじゃあいつまで経ってもシャイド国の本当の狙いはわからなそうだ。

参ったな。

そんな事を思いながら馬に乗って辺境の敷地へと帰った。

帰宅すると、ビビアンが「今日はおすしなの！」とスキップしていた。

お寿司かぁ。

やっぱりトロだよな。

あるかなぁ？

こりゃ、今日の夕飯は激戦だぞ。

風呂に先に入り、食卓に全員が揃うと、みんなで手を合わせた。

夕食後、ビッケルが一人で酒を飲んでいたので、なんとなく話しかけてみた。

「エイシャル殿……」

「なんだか寂《さび》しげだけど、どうかしたのか？」

「今日は息子の誕生日なんですよ……」

「そっか、息子さんの……って、えぇぇぇぇぇ!? ビッケル、結婚してたのか!?」

俺はビッケルの言葉に大いに驚いた。

「ハハッ……もう、十年も前の事になりますからね。十年前、私は友達の紹介で妻と出会いました。息子も生まれて、まぁ、幸せな日々でしたよ」

ビッケルは酒を注ぎながら、語り出した。

「じゃ、どうして奴隷《どれい》に……？」

辺境の仲間達は基本的に俺が奴隷商館で引き取ってきた者ばかり。ビッケルもそのうちの一人だった。

「その妻を紹介してくれた共通の友人ですが、保証人になってほしいと言われまして。金貨二百枚もの保証人になったのです。今考えるとバカな事をしたと思いますが、その頃はその友人を信用していましたし、妻と引き合わせてくれた恩もありましたからな。ハハッ……！　つまらぬ昔話をしてしまいましたな！」

ビッケルはグイッと酒を飲み、そう笑った。

「その……ビッケルのご家族は今どこに……？」

「さぁ？　奴隷になってからは会っていませんからな。もう、十年も前の事ですし、引っ越しているかもしれませんし。しかし、前と変わらなければ、ロマノに住んでいると思いますよ」

俺の問いに、ビッケルはそう答えた。

「会いたくないのか？　奥さんと息子さんに……」

「そりゃあ、会えるものなら……しかし、向こうはもう新しい家庭を築いているかもしれない。そうなったら、奴隷になった私など、邪魔なだけでしょうから。まぁ、エイシャル殿、飲みましょう！　遠くから息子の誕生日を祝ってやってください！」

ビッケルはそう言って俺のグラスに酒を注いだ。

◇　◇　◇

次の日、俺は決心した。

「ビッケル！」

畑作業をしているビッケルを呼ぶ。

「はて？　なんですかな？　今日はナスが収穫できますぞ？」

「そうじゃなくて……行こう！」

俺が言うと、ポカンとするビッケル。

「は？　どこにですかな？」

「奥さんと息子さんのところだよ！」

「エ、エイシャル殿……そんな今さら……」

「何言ってるんだ！　十年も息子さんの誕生日を忘れずに祝ってるくせに！　今会いに行かないと後悔するぞ」

そう言ってグイグイとビッケルの腕を引っ張る。

「しかし……」

「大丈夫、俺も行くから」

そして、俺達はローズフリー国のロマノに向かったのだった。


ロマノに到着すると、ビッケルは懐かしそうにあたりを見回していた。

「覚えてるのか、ビッケル？」

「えぇ！　あの公園で、よく幼かった息子と砂遊びを……」

「そっか」

「確か家はこっちだったと……」

ビッケルはしっかりとした足取りで、道を進んでいく。

そして、たどり着いた場所は……

空き地になっていた。

「ビッケル……」

「ハハッ……やはり、引っ越していましたか……そりゃあ、そうでしょう。妻にも子供にも第二の人生がありますからな！」

ビッケルは無理に明るく振る舞おうとする。

「もう少し探して……」

「いいえ、もう十分ですよ、エイシャル殿。空き地ですが、昔の家に戻ってこられただけで……」

ビッケルは空き地を眺めながらそう言った。

その時――

「あら？　この空き地に何かご用ですか？」

一人の老婦人が現れてそう尋ねてきた。

「いや、少し人探しをしてまして……あの、あなたは？」

「私はこの土地の買い取り主ですよ。前の人だったら、三丁目に引っ越したと聞いてますよ」

老婦人は言った。

俺とビッケルは顔を見合わせた。

三丁目を訪れると、靴屋の隣にわりと豪華な家が建っていた。

そして、そこから一人の少年が出てきた。

歳の頃は十二、三歳くらいだろうか？

「ビース……」

ビッケルが言う。

「え、もしかして……」

「息子ですよ。あのえくぼは間違いない」

「話しかけよう！」

「いや、しかし……！」

「いいから！」

俺はビッケルを置いて少年に話しかけた。

「ごめん、旅の者なんだけど、宿屋に案内してくれないかな？」

「いいですよ！」

少年はにこっと笑った。

笑顔が少しビッケルに似ている。

確かに右頬にだけえくぼがあった。

「ビッケル、案内してもらおう！」

「え、えぇ……」

「おじさん達、旅人なの？」

少年は尋ねる。

「そうだよ、色んなところを旅しててね。君のお父さんとお母さんは何をしてるの？」

俺の問いに少年は少し複雑そうな顔をすると、こう答えた。

「お母さんは主婦。お父さんは……本当のお父さんは死んじゃったんだって……今のお父さんは薬屋してるよ」

「それは……！」

俺が言おうとすると、ビッケルがそれを遮《さえぎ》った。

「そうか。今のお父さんは優しいかい？」

「うん……でも、本当のお父さんに会いたいよ」

彼はそう言った。

「君のお父さんは……もう会う事ができなくても、遠くから君をずっと見守っている……と思う。だから、死んだお父さんの事は心の中にしまって、今のお父さんと幸せになるんだぞ！」

「おじさん、変な人だね」

少年は笑ってそう言った。

相変わらずえくぼが印象的だった。

「着いたよ、ここが宿屋。じゃあ、僕はこれで」

宿屋に着くと、少年は去っていった。

ビッケルは何も言わずに少年の後ろ姿をずっと見ていた。

「本当にこれで良かったのか？」

「良いんですよ。エイシャル殿。エイシャル殿にもいつかわかる時が来ます。愛する人が幸せである事が、自分の幸せだと。たとえ会えなくても……エイシャル殿、ありがとうございました。ここまで、連れてきてくれて。立派になった息子とも話す事ができました」

「そ、そうか……」

俺は自然に流れた涙を拭った。

「エイシャル殿、泣かないでください。泣きたいのは、こっちですぞ。ハハッ！」

ビッケルは冗談を飛ばす。

その時、俺の身体から光が溢《あふ》れた。

「え、なんだこれ？」

「エイシャル殿！　もしかして……」

ビッケルが言う。

「え、もしかして？」

「呪いが解けたのではありませんか？」

ビッケルの指摘に俺は驚いた。

「ちょ、ちょっと、ここでスキルを発動してみてくだされ！」

「え、ちょっと待てよ。えぇーと！　スキル発動！」

すると、大根がニョキニョキ生えてきた。

『栽培』のスキルだ！

「や、やったぞビッケル！　『栽培』のスキルだ」

「やりましたな！　エイシャル殿！」

そうか……愛、か……

こうして、俺の呪いは一つ解けた。

「ビッケル、ありがとう」

「いえいえ、私は何もしておりませんよ。全てはエイシャル殿がやった事ですから」

そうして、俺達は馬車に乗って辺境の屋敷に帰った。


「やはり、私の家族はエイシャル殿達みたいです。もちろん、息子も心の中にはいますがね」

そう言ってビッケルは穏やかに笑った。

その笑顔は全てに納得した父親の顔だった。

「エイシャル、ビッケル、どこ行ってたのさ！　麻婆《マーボー》ナスにするから、ナス取ってきてって、シルビアが言ってるよ」

サシャに言われて、俺達はハイハイとナスを収穫しに行った。

「そうだ、みんなに『栽培』のスキルが戻った事だけ言うよ。ビッケルと一緒にロマノに行ったのは内緒にしとくから、安心してくれ」

「それはありがたい」

そして、その日も賑やかに夕食を食べたのだった。

さぁ、明日からまた、頑張ろう。

そう思った。

◇◇◇

その日、仕事を終えた俺はセントルルアに向かった。

ケル・カフェに着くと、ラーマさんが迎えてくれた。

「よぉ、エイシャル！　最近は景気が徐々に上がってるらしいな！」

「みたいだね。ラーマさんは儲かってる？」

「なんの、なんの。うちなんか小さな店だからなぁ。馬車馬のように働いてやっとさ」

ラーマさんは手を大きく振りながら言う。

「ははは。こっちもだよ。あ、これ、ケル・コーヒー豆」

俺はラーマさんに豆を渡して、奥の席に向かった。

カルボナーラか、ペペロンチーノか？

どっちにしようかな？

ハーフ&ハーフで頼めるかな？

注文をとりに来たラーマさんに言ってみると、お安いご用だよ、とラーマさんはパスタをハーフ&ハーフにして持ってきてくれた。

いやぁ、腹ぺこだよ！

早速、運ばれてきたパスタを食べていると――

ゲオが入ってきた。

まぁた、このパターンかよ。

「よぉ、エイシャル」

「んぉ……！　ひしゃしぶりゃ……！」

俺はカルボナーラを口いっぱいに含み、そう答えた。

ゲオは呆れ顔で俺の向かいに座ると、コーヒーを頼んだ。

「あんたなぁ。いくら、サイコの魔王軍を壊滅させたと言っても……まだ、サイコは生きてるんだぞ？」

「良いじゃないか、飯くらいゆっくり食わせてくれよ」

俺は反論する。

「まぁ、それもそうだが……」

「で、なんか新情報はあるのか？」

「あぁ……やはり、モンスターが町や道に現れるのはシャイド国の王が関与しているらしい」

ゲオは俺の問いにそう答えた。

「まぁ、驚かないよな」

水を飲んでから俺はそう言った。

「シャイド王は恐らく闇落ちした挙句、洗脳されている。伝わってきた話によると、寿命が……とかなんとかしきりに呟いているらしい」

「寿命……？　まさか、サイコは寿命を延ばす方法でも見つけたのか？」

俺は口元を拭いながら尋ねる。

「結論づけるのはまだ早い気がする。確かに蘇生《そせい》ができるならば、寿命を延ばす事も可能かもしれないが……」

ゲオは言う。

「でも、寿命って言葉から他になんか想像できるか？」

「できないな。シャイド王の自分の寿命に関わる事だとして、モンスターを使って人々を襲わせる理由もわからない……」

ゲオが少し考えながら、そう言った。

うーん、謎は深まるばかりか……

「とにかく、スキル学園の指導や仲間のレベルアップを怠《おこた》るなよ。スキルは使えなくてもできる事はあるはずだ」

ゲオは偉そうに言い、去っていった。

勘定は俺にツケていったようだ。

ゲオめ……！

俺はカルボナーラとペペロンチーノを平らげると、ラーマさんに挨拶して辺境の屋敷へ帰っていった。

はぁ……

今日も一日が終わるな。

明日からもできる事を頑張ろう。

◇　◇　◇

その日もいつも通りにスケジュールボードを書いた。

『栽培』のスキルが戻ったので、俺は畑に行くつもりだ。

そうして、みんなそれぞれの仕事に向かった。

俺は新しい『栽培』のレベルが現れていたので、それを試す事にした。

「何ができますかな？　久しぶりの野菜ですすなぁ」

ビッケルが言う。

「そうだな。よし、やってみよう。いくぞ！」

スキルを発動すると、ニョキニョキと葉っぱが生えて、あっという間に膨《ふく》れ上がり、それは白菜になった。

「白菜ですかぁ！」

ビッケルが唸る。

「キムチにできるな！」

「おっ、良いですな。酒のつまみですな」

そんな話で盛り上がり、俺は四つほど収穫してキッチンの家事組に持っていった。

「まぁ、今日のメニューが決まりましたわ！」

リリーが言うので、俺は尋ねる。

「何々？」

「白菜と豚肉のミルフィーユ鍋ですわよ！」

との事だった。

「良いね！　あ、でも、キムチ用に一個残しておいてくれない？」

「あら、またお酒でも飲むんじゃないでしょうねぇ？」

シルビアが疑り深く聞いてくる。

「ははは っ……け、健康のためだよ。発酵食品は健康に良いからなぁ……！」

俺は適当に誤魔化して、キッチンから去った。

その後はモンスター牧場から見回る事にした。

モンスター達は駆け回って元気に遊んでいる。

マルクがモンスターフードをあげて、芸を教え込んでいた。

「マルク。どうだ、モンスター達の様子は？」

「順調っすよ。今ねこ太《た》にバン！　を教えていたところなんすよ。いいかー？　ねこ太、バン！」

すると、ねこ太は少しよろけて腹を見せて倒れた。

うむ、芸達者だ……

「すごいなぁ！」

俺は二人（一人と一匹？）を褒め称える。

「あと、フェニックスの不死子《ふじこ》に三回回《まわ》ってバタバタを教えようかと思ってるっす」

三回回ってバタバタ？

なんだか変わった芸だけど、面白そうだ。

「そうか、頑張ってくれ。モンスターフードがなくなったら言ってくれよ。買いに行くからさ」

「はいっす」

というわけでモンスター牧場はそれくらいにして、温泉の補修をしているロードとシャオのところへ足を向けた。

「どうだ？　シャオ？　ロード？」

温泉を囲む塀のところで何やら話していた二人に声をかけた。

「見てくだせぇ。これ、覗き穴ですぜ、旦那」

シャオが塀の穴を指差して言った。

「まさか！　そんな事する奴……いるな、一人だけ……」

俺はすぐにルイスの顔が浮かんだ。

真相を探るべく、秘密の小部屋に向かう。

鍵がかかっているのをぶち破り中に入ると、そこには、ジライアとラボルドのセクシーショットが飾られていた。

「えっ!?　エイシャルさん!?　なぜ、ここに!?」

「ルイス、お前だな！　このアングルはあの覗き穴と一致するぞ！」

「ち、ち、違いますよ！」

「問答無用！」

俺は写真を全て没収して燃やし、魔法カメラを破壊して、ルイスを夕飯抜きの刑に処した。

全く、油断も隙もないんだからなぁ。

そんな事を思いながら、今度はワクワク子供部屋へ向かった。

クレオはともかく、ビビアンは算数の問題を解けているだろうか？

しかし部屋に入ると、もぬけのからで、ビビアンの算数ノートには『エイシャルのオニ！』と書かれていた。

俺はビビアンを探し始める。

畑で苺をもらっているところをとっ捕まえて、ワクワク子供部屋に連行した。

「ビビ、お勉強やだー！」

「わがまま言わない！　一問しか出してないんだから！」

「エイシャル、おにー！」

「六分の五なのだ……」

嫌がるビビアンを勉強机につかせて、俺は鬼の指導をした。

「そうだよ、ビビ！　できるじゃないか。よぅし！　プリン食べておいで」

俺が退出許可を出すと、ビビアンは半泣きでプリンを食べに向かった。

こうして、敷地の見回りも無事？　終わり、俺は風呂に入ってゆっくりする。

その後はいつも通り、みんなで夕飯を食べた。

はぁ……

明日は手作り市か。

少しはゆっくり楽しめるといいな。

そう思いつつ、眠りについた。

◇◇◇

その翌日はよく晴れた。

今日はみんなで、セントルルア広場で開催される手作り市に行く。

この日のためにみんなは手作りでそれぞれの作品を作っていた。

ロードは手作りの積み木を、シャオは手作りのミニ本棚を、シルビアは手作りパンケーキ……

俺は以前スキルがある時に作っておいた力持ちブレスレットを売る予定だ。

セントルルアの広場はたくさんのお客さんで賑わっており、俺達はあらかじめ予約しておいた場所に店を出す準備をする。

シャオとロードがパイプを組み立て、あっという間に屋台ができた。

そこに、みんなの力作を並べる。

「よぅし、準備は万全だ！　ビビアン、クレオ、呼び込みやってくれ。いいか、いらっしゃいませって言うんだぞ」

名付けてお子様呼び込み作戦だ！

「いらっしゃいませ～なのだ！」

「いらっしゃいませ、だぞ！」

ビビアンとクレオの呼び込みは可愛いと人気を集めて、俺達の出店にはお客さん達が集まってきた。

「わぁ！　このお店色々あるわ！」

「そのネックレス素敵ねぇ！」

「力持ちブレスレットだとさ。ウケる。一つもらおうか」

「ミニメロンください！」

「こっちは、手作りホウキを」

ネレが作ったビーズのネックレスや、ビッケルのミニメロン、ステイシーの手作りホウキなどが売れていった。

ルイスのコーナーには、若い女性が集まっていて、キャーキャー言っている。

また、ルイスがモテているのか。見た目だけはいいからな。

と思ったら、それ以上にルイスの売っている商品が人気を集めているようだ。

ルイスの売っているもの、それはセクシー男性の絵のしおりだった。

「ルイス……！　お前って奴は！」

「なんですか？　手作りなら、なんでも良いっていい言ってましたよ、スタッフの人が」

「だけど……」

「ちゃんと大人用だと書いていますよ。ほら、ここにね」

ルイスのコーナーには『大人用』の張り紙がしてある。

うーん……まぁ、いっか。

下半身は隠してある絵だし。

本のしおりなら、許容範囲だろう。

そんな事を考えている内にリリーの手作りブラウスが完売したようだ。

ニーナの手作り香水やダリアの手作り石鹸《せっけん》も健闘している。

「よし、売り切れた人から手作り市を見に行ってきていいよ。あ、お金使いすぎるなよー？」

というわけで、リリーとニーナが手作り市に繰り出していった。

俺の力持ちブレスレットも残るはあと三つだ。

ジライアだけは不器用で何も作れなかったので、呼び込みをヤケクソ気味にやっている。

ヘスティアのコーナーにもチェックシャツを着た男達が集まり始めていたので、何を売っているのか聞いてみたら……

それは、手作り漫画だった。

うーん、うちには結構、芸達者がたくさんいるみたいだ。

ヘスティアの本はオタクに大ウケで、三番目に売り切れとなった。

どんな内容なのか、気になる……

「ヘスティア、どんな漫画なんだ？」

『うむ。冴《さ》えないオタクがグラビアアイドルと組んでダンジョンに潜る話ぞ』

「へ、へぇ……」

よくわからない。

面白いのだろうか……？

サクのところには、インテリ系の男性や女性が集まっている。

「サクは何を売ってるんだ？」

俺は興味津々で尋ねた。

「これですよ。手作りミニ辞典です。植物からモンスター、星の名前から、食べ物まで色々ありますよ。僕が持っている辞典を編集してまとめたものです」

「へ、へぇ……」

またしてもすごいものを作っている奴がいたもんだ。

そして、サクの商品と俺の商品が同時に売り切れた。

その後も順調に売れていき、店にはほとんど商品が残っていない。

そんな中売れ残っているものといえば、フレイディアの作ったポケットティッシュカバーと、ラボルドのビッグレモンだった。

『なんで売れないのよ……！』

フレイディアが静かに怒りを燃やしている。

ポケットティッシュカバーなどは、たくさんの店で売られており、よほどデザインが可愛いか、安いかじゃないと売れないようだ。

ラボルドのビッグレモンも値段設定が高すぎる気がする。

俺は二人に上手い事言って、値下げさせた。

すると、あれよあれよという間に二人の手作り商品は売れていった。


無事、全ての商品が完売したので、俺達も手作り市を見て回る事にした。

「エイシャル、お菓子セットが売ってるのだ！」

「怪獣のぬいぐるみが売ってるぞ！」

ビビアンとクレオに引っ張られて、俺は次から次へと購入させられた。

帰りに夕食のために手作りサンドイッチとパンを大量に買った。

改めて数えてみると、俺達の出店の今回の売り上げは金貨二十枚以上にもなった。

みんな、私の作品が一番良かっただの、僕の作品が一番人気があっただの言いながら、辺境の屋敷への帰路につく。

「あーぁ、明日から仕事かぁ……」

アイシスがそう言うので、俺はピシャリと返す。

「当たり前だよ。働かざる者食うべからずさ」

「でもぉ、今日の売り上げはどうするのぉ？」

ダリアが尋ねた。

「それはみんなに還元するよ！」

というわけで一人金貨一枚を配る事になった。

こうして、今日も夜は更けていく。

◇　◇　◇

その日、シルビアが卵がないと言うので、リリーと二人でセントルルアに買い出しに向かった。

ルイスの牧場でも卵不足のようだ。

馬車をロードに操縦してもらっていたが、俺とリリーは黙り込んでいた。

そもそも、リリーと二人で話した事はあまりない。

「セントルルアには、私の実家がありますのよ」

リリーは沈黙を破るように言った。

「え？　実家って？」

「私はセントルルアのブラウンズ侯爵《こうしゃく》家の令嬢でしたの。だけど、父が死に、母は変わってしまいましたわ。男の人を連れ込んだり、夜遊びに明け暮れたりするようになって……寂しかったのでしょうね。でも、そんな噂は社交界を巡ってしまい……銀行も取り引きに応じなくなって、私は奴隷として売り飛ばされましたのよ。悲惨《ひさん》な話でしょう？」

「そっか。お母さんを……その、恨んでる、よね？」

俺が尋ねると、リリーは複雑そうな表情で答える。

「……さぁ、どうでしょう？」

「恨んでないの？」

「母は父が死んだ時にこう言ったんですわ。お父さんじゃなくて、私が死ねば良かったのにって……そんなにも父を愛してたんだと、そう思いましたの。だったら、私を奴隷として売ったのも仕方ない、とも……不思議ですわね」

「…………」

俺は何も言えなかった。

どう言葉にしていいのかすら、わからなかったんだ。

俺は家族を少なからず恨んだけど、リリーは……

俺達は無言のままセントルルアまでの道のりを過ごした。


到着したセントルルアの八百屋で卵を人数分買うと、馬車に戻ろうとした。

しかし、その時──

「リリーお嬢様……!?」

一人の老婆が買い物カゴを落としてそう言った。

「マーナ……！」

「えーと、リリー、誰？」

俺はリリーに尋ねる。

「ブラウンズ家にずっと勤めていた使用人ですわ。お母様は、お元気？」

「それが、肺の病でもう長くはないと……リリーお嬢様、ぜひ会ってあげてくださいな！」

老婆は言う。

「ちょっと待ってよ。勝手すぎないか？　リリーを奴隷にして、今さら会えだなんて……」

俺はつい口を出した。

「いえ、良いんですの、エイシャルさん。お母様に会いましょう」

リリーは静かにそう言った。

そうして、俺達は卵をロードに預けて、ブラウンズ家に向かった。


立派な屋敷がセントルルアの外れに建っていた。

俺達は寝室に案内された。

リリーの母親は寝たきりらしい。

「リズ様、リリーお嬢様がお見えですよ！　わかりますか!?」

マーナさんがベッドに横たわる女性に話しかけた。

リリーの母親だけあって、年老いて病床にあってもなお、美しさのかけらを残していた。

「リリー……リリーな……の……？」

「はい、お母様……」

「あなたを……奴隷に出してから……私はずっと後悔して……いて……まだ、年端《としは》もいかないあなたを…… 借金のカタにした時……奴隷商館に連れて行く時、何度も……このまま、この子と心中しようと……でも、できなかった……のよ」

「お母様……」

リリーの目から、涙がポツリポツリとこぼれ落ちた。

「あなたを……愛していた……のよ……本当に……だけど……」

「もう良いですわ。喋《しゃべ》らないで、お母様……わかってます。私ね、今幸せですのよ。素敵で優しい人に拾われて、大好きな家族と一緒に楽しく暮らしてますの。だから、もう、自分を責めないで……」

リリーはそっと痩《や》せ細った母親の手を握った。

母親はリリーの手を弱々しくだが、握り返した。

俺も気づけば号泣していた。

すると、光が身体から溢れた。

スキルが戻ったんだ！

確認してみると、戻ったスキルは『調合』だった。

このスキルでリリーのお母さんを助けられるかもしれない。

俺達はマーナさんとリズさんに別れを告げると、辺境の屋敷に帰った。

「リリー、『調合』のスキルが戻ったんだ。だから、肺の病の薬を作ってみるよ」

「ありがとう……エイシャルさん……」

リリーは涙をためた目でそう言った。

俺は早速、清浄草《せいじょうそう》と薬草、咳止め草《せきどそう》を掛け合わせた。

すると、肺活力ポーションが出来上がった！

次の日、俺とリリーは肺活力ポーションをリズさんのところに持っていった。

それを飲むと、リズさんの咳はぴたっと止まった。

成功だ。

「私は自分が助かるためにあなたを奴隷に出したのに……そんな私を助けてくれるなんて……」

「お母様、私、愛されていたと知って嬉しかったんですの。ずっと、いらない子だと……だから、奴隷として売られたんだと……」

「リリー……！」

二人は抱擁《ほうよう》した。

その後、リリーはたまに実家に帰るようになった。

こうして、俺の『調合』のスキルは復活し、リリーには再び大切な家族ができたのだった。

◇　◇　◇

今日は仕事デイだった。

まだスキルは『栽培』と『調合』しか使えない俺は、どちらもやる事にした。

まずは、調合室にこもって肺活力ポーションを大量に作る。

肺の病への対策が少ない今、肺活力ポーションは重宝されるようだ。

俺もスキルが少しでも使えれば、家族のために稼がなくちゃな。

大黒柱としては、お金を稼ぐ事は重要だ。

ポーションの生産が終わると、ビッケルの畑とラボルドの果樹園に向かった。

それぞれ、『栽培』のスキルを発動して、野菜や果物を育てる。

そのあとは、敷地を見て回る事にした。

「シャオ、ロードどうだ？」

俺は塀の補修をしているはずのシャオとロードに話しかけた。

すると、二人はパッとコインを隠した。

どうやら、賭け事をして遊んでいたらしい。

「遊ぶのは勝手だけど、塀の補修が終わらないと残業だぞー」

俺は軽く釘《くぎ》を刺《さ》して、ルイスの牧場に足を向けた。

ルイスは真面目に鶏の卵を集めている。

「おぉ、ルイス、頑張ってるじゃないか」

俺が声をかけると、

「最近、僕のセクシーイラストしおりが人気なんですよ。腐女子や腐男子の皆さんにね。休みの日にセントルルアのケル・カフェの一角で売ってるんです♪　これで、新しい写真集が買える……」

ルイスはご機嫌だ。

どうも、手作り市で売ったしおりを継続して販売しているらしい。

まぁ、いいけど……

「ちゃんと、ケル・カフェのラーマさんには許可取ってるんだろうな？」

「もちろんですよ！　お客さんが増えて喜んでいましたよ？」

ルイスは答えた。

うーん……まぁ、いっか。

「じゃあ、仕事も頑張ってくれよ、ルイス」

今度はマルクのモンスター牧場に向かった。

「あ、エイシャルさん。今ちょうど不死子に、三回回ってバタバタを教えていたんすよ。この前言ったやつです」

マルクが特殊な笛を鳴らすと、不死子は三回くるくると回り、バタバタと翼をはためかせた。

「おぉー！　芸達者だな、不死子」

俺は拍手する。

「ケールもお座りができるようになったっす」

「そうか。頑張ってるな、マルク。寒い日が続くから、モンスターの体調にも気を配ってくれな」

「はいっす！」

というわけで、お次はワクワク子供部屋だ。

入ると早速、子供二人の声が聞こえてくる。

「クレオ、クレオ、二分の一足す三分の一は？　ビビはわかるけど、聞いてみただけなのだ」

「うーん、六分の五だと思うぞ！」

「そっか！　六分の五だと……」

「こらぁ！　ビビアン、お前って奴は……クレオに計算させるんじゃない」

俺は怒って言った。

「か、確認なのだ……！」

「嘘つきはおやつありません！」

ビビアンが泣き出したので、結局俺が教えてやった。

その後はギルド組も帰ってきて、賑やかな夕飯となった。

◇　◇　◇

ある日、みんなでアイスタシンの町で行われるダーツのイベントに参加しようと出かけた。

「いやぁ、こう見えても若い頃はダーツで鳴らしておりましてねぇ！　そりゃあ、モテたりなんかも、ね？」

ビッケルが自慢げに言う。

「へ、へぇー。そうか、じゃあ、今日はビッケル頼みだな！」

「いやいや、エイシャル殿！　昔の事ですから！　はっはっはっ！」

そんなこんなで、アイスタシンの入り口でまずは普通に番号が書いてあるダーツが行われた。

そこで矢が刺さった番号の店に行くというわけだ。そのお店にまたダーツがあり、ゲームの結果によって食べ物や飲み物がタダになるらしい。

俺は、への十八番……

なんとなくあまり良さそうじゃない。

「おぉ、エイシャルと一緒かよ！」

アイシスも同じ店だったらしい。

俺達は魔法スプレーで番号が書かれたその店を訪れた。

どうやら、寂れた居酒屋らしい。

うーん……

ハズレかっ！

ビビアンは高級焼肉店に、クレオは高級レストランに入っていく。

「くそぉ、こんなところじゃナンパもできねぇよ！　可愛い女の子はどこに!?」

アイシスはやっぱりアイシスだ。

「仕方ないだろ。運だよ運。さぁ、中に入ろう」

俺はアイシスの肩を叩いてそう言った。

しかし、居酒屋は結構メニューが豊富で、俺達はもう食に走る事にした。

ダーツの矢が五本渡されたので、それで的《まと》を狙う。

俺はレモンもつ鍋を当て、アイシスはなんと、鯛《たい》の活き造りを当てた!

二人して美味い美味いと言いながら、レモンもつ鍋と鯛を食べた。


その後、みんなご飯を堪能《たんのう》したらしく、次はお土産コーナーのダーツ巡りとなった。

大人も子供もダーツに夢中になって景品を当てた。

ギルド組は運動神経が良いので当てるのも上手い。

ビビアンはパンのバスケット詰めを当て、ニーナはホタテの魔法缶詰を当てた。

どちらも美味しそうだ。

俺達はごっそりと景品をかっさらってダーツ大会を楽しんだ。

ビッケルはあれだけ豪語していたのに、ほとんど何も当てる事ができなかった。

うーん……まぁ、楽しかったから、いっか。

その日はビビアンが当てたパンのバスケットを広げ、家事組が作ってくれたアヒージョと一緒にみんなで食べた。

アヒージョの塩気とダシ、オリーブオイルがパンに染み込み、とても美味しかった。

今日は楽しくて美味しい一日だったな。

そして、夜の自由時間をそれぞれ過ごして、俺はスケジュールボードだけ書いて眠りについたのだった。

夢の中で、俺はダーツの的になっていたとさ。

◇　◇　◇

その日はみんな休みで、世界初の魔法遊園地に行く事になった。

最近、ローズフリー国の王都ロージアにできた施設で、まだまだ人は多いだろうが、旬のうちに行っておきたいというみんなの希望だった。

動きやすいように女性陣はパンツスタイルで、髪をまとめている。

準備が整ったところで、いざ、ロージアに出発した。

馬車の中は、魔法遊園地のアトラクションやお土産屋の話でもちきりだ。

「やっぱり魔法ジェットコースターに乗ってみたい！」

「私……魔法ゴーカート……」

サシャが元気よく言うと、ネレもポツリと希望を口にした。

二人とも魔法遊園地をえらく楽しみにしているようだ。

まぁ、みんなそうなのだが。

「ビビね、まほーメリーゴーランドに乗るの！　お馬さんがぐるぐるなの！」

ビビアンは魔法メリーゴーランドがお目当てのようだ。

「やっぱさぁ、魔法ウォータースライダーはやってみたいよなぁ！」

アイシスも楽しみにしているらしい。

「まぁまぁ皆、魔法遊園地は逃げないんだから……」

「何言ってるの！　エイシャルは甘い！　アトラクションは一時間待ちなんてザラなんだから、どれくらい効率よく回れるか、作戦立てとかなきゃ！」

サシャが捲し立てた。


そんなわけで作戦を立てているうちに、馬車はロージアの魔法遊園地に到着し、フリーパス券を持って入園口に並んだ。

ウサギやリスの着ぐるみを着たスタッフが色とりどりの風船を配っている。

「ビビ、ピンク！」

「オレさまも！」

「クレオは男だから、青なの！」

「いやだ、オレさまもピンクが良いぞ！」

ビビアンとクレオが言い合っている。

「まぁまぁ、どっちもピンクで良いじゃないか、ビビアン。双子みたいで可愛いぞー？」

俺が仲裁に入ると、ビビアンは不満そうに声を漏らす。

「むー……」

しかし、しばらくすると二人でピンクの風船を持ってご満悦の表情を浮かべていた。

「まずは……！　ジェットコースター……！」

ロードが珍しくギャンブル以外で目を輝かせて言った。

「燃えますな！」

ジライアもジェットコースターに気合いが入っているようだ。

「私はちょっとパスするわ……下で見てるから、みんな手を振ってね」

シルビアは高所恐怖症らしいので、パスだ。

ルイスとマルクもジェットコースターは苦手なので、待機組となった。

「じゃあ、魔法カメラでみんなを撮ってよ」

前に壊したルイスのものとは別の魔法カメラをシルビアに渡す。

「もちろん、良いわよ」

「皆さん、お気をつけて」

ルイスが手を振って言う。

そして、俺達はレールが赤い光を発する魔法ジェットコースターに乗った。

魔法安全装置が下りて、いよいよ発進だ。

「ビビ、オレさま怖くなってきたぞ！」

「目をつぶるのだ、クレオ！」

お子様達は手を繋いで目をつぶっている。

魔法ジェットコースターは高いところから急降下したり、回転したり、曲がったりして、みんなを絶叫させた。

魔法ジェットコースターから降りると、二回目も乗りたい、という強者がおり、魔法ジェットコースター二回目グループとそれ以外で別行動する事にした。

二回目ジェットコースター組は、ジライア、ラボルド、サシャだ。

ネレが魔法ゴーカートに行きたいらしいので、俺達は魔法ゴーカート乗り場に向かった。

魔法ゴーカートに乗るのは、アイシス、ネレ、サク、ニーナだ。

俺は魔法自動車を運転している事もあり、そこまで興味がなく、写真係に徹《てっ》した。

魔法ゴーカートがスタートすると、ネレは小型のカートを器用に運転して、小回りをきかせ、コーナーを最短距離で曲がって一位でゴールした。

観客からも、「あの女の子はすごい！」とか、「かっこいい！」と歓声が上がった。

戻ってきたネレは一位の景品であるミニカーをもらってご機嫌だったが、アイシスやサク、ニーナは悔しそうだ。

俺は三人をなだめて、次のアトラクションに向かった。

次は大人から子供まで楽しめる魔法メリーゴーランドだ。

これにはみんな乗りたいそうなので、前半組と後半組にわかれて乗る事に。

その頃には、魔法ジェットコースター二回目組も合流したのだが……

「あれ？　ジライアがいないじゃないか？」

俺が尋ねると、サシャが呆れた様子で答えた。

「ジライアなら、魔法ジェットコースターに酔ってベンチで休んでる。まったく、三回も乗るから……」

げぇ、三回も乗ったのか。

情けないジライアはスルーして、俺達は魔法メリーゴーランドに乗った。

ビビアンは最初はポールにしがみついていたが、慣れてきたのか手放しでポーズを取り、魔法カメラにアピールしている。

「楽しいのだー！」

俺も童心に返って魔法メリーゴーランドを楽しんだ。

「さぁ、ではお化け屋敷に行きましょう！」

リリーが張り切って言うが、俺や合流したジライア、クレオは暗い表情だ。

俺達は密かに、お化けが怖い同盟を組んでいるのだ。

「あら、エイシャル、怖いの？」

シルビアが顔を覗き込んでくる。

「ま、まさかぁ！　お、お化けなんて、架空《かくう》のものだからね！」

俺は震えながらそう答えた。

シルビアはおかしそうに笑っている。

そうして、俺はシルビアやリリー、ビビアンやフレイディアの後ろに隠れながら、お化け屋敷をなんとかクリアした。

「な、なぁーんだ、意外と怖くないな」

「あら、エイシャル、なんか白いものが背中に……」

シルビアが俺の背後を指して言った。

「ヒイイイイ！！！」

俺は叫んで腰を抜かし、みんなは爆笑である。

遊び回った俺達は段々とお腹が空いてきた。

「オレさま、お腹減ったぞ～……」

クレオがそう言い、しゃがみ込む。

「仕方ないな。じゃあ、あのレストランに入ろうか?」

俺はウサギの看板のレストランを指さして言った。

「エイシャルさん、魔法遊園地のレストランは高いですです～」

エルメスがお金の心配をするが、クレオだけじゃなく俺も腹は減っている。

「だけど……」

「あのぉ……家事組でお弁当を作っておいたのですけども……馬車の荷台に入ってますので……」

ステイシーが遠慮気味に言った。

「ここは、お弁当の持ち込み自由だから、あの広場でみんなで食べましょう」

さらにシルビアがそう続けた。

「わーい! タコさんウインナーあるのだ?」

ビビアンがシルビアにくっついて尋ねる。

「もちろん、あるわよ!」

「やった!」

そういうわけで、アイシスとマルクにお弁当を運んでもらい、俺達は広場のテーブル席をおさえに向かった。

無事席を確保し、お弁当を広げると、タコさんウインナーやネギ入りの卵焼き、パンダのおにぎり、アスパラのベーコン巻き、ウサギさんりんごなどなど……たくさんのおかずとご飯とデザートが詰め込まれていた。

「おや、これは焦げてますぜ？」

チーズボールを食べたシャオが言った。

「そ、それは私が……！」

どうやら、ステイシーの失敗作だったようだ。

「いやいや、こんなにたくさん作るんだからたまには焦げても良いよ」

俺は変なフォローをする。

青空の下でみんなで食べるお弁当は格別に美味しかった。

「じゃあ、魔法観覧車と魔法ウォータースライダーに乗ったら帰ろうか？」

しばらく食休みをした後、俺が言うと、マルクは笑みを浮かべる。

「魔法観覧車楽しみっす！　やっぱりシメっすよね！」

というわけで、先に魔法ウォータースライダーに乗る事にした。

俺達はレインコートを着込んで、魔法ウォータースライダーに挑んだ。

だが――

浮き輪に乗って滑《すべ》るタイプだったものの、結局最後にかぶった水飛沫《みずしぶき》でびしょ濡《ぬ》れになってしまった。

髪がワカメみたいに張りついた姿を、みんなで笑い合った。

アイシスの風魔法で順番に乾かしてもらった俺達は、最後に魔法観覧車に乗った。

魔法観覧車が上にあがっていくと、ロージアの町並みが小さく見え、遠くの山まで見渡せた。

「わーっ！　素敵っ！」

ニーナが魔法カメラで外の風景を撮っている。

そのうちに、魔法観覧車は下へおりていった。

最後に、みんなで魔法ジェットコースターのデザインのボールペンや魔法メリーゴーランドの消しゴムなどを記念に買って帰った。

こうして、楽しかった魔法遊園地への小旅行は終わりを告げた。

みんな、屋敷に帰るとぐったりしたのは言うまでもない。

◇　◇　◇

楽しかった魔法遊園地も終わって、翌日。

いつものように仕事に行こうとすると、みんなが何やら騒いでいた。

「どうしたんだ？」

リビングに下りた俺が尋ねると、アイシスが慌てた表情を浮かべて言う。

「サシャがいなくなったんだよ！　ほら、朝、この置き手紙がダイニングテーブルに置いてあって……！」

アイシスは俺に手紙を見せる。

そこには……

『二、三日留守にします。探さないでください。サシャ』

とだけ書いてあった。

「どういう事なんだ……？」

俺は首を捻る。

「でも、二、三日って事は戻ってくるという事ですわよね？」

リリーが言う。

確かにそうかもしれないが……

「だからって、放っておくわけにはいかないよ。世の中、モンスター騒動や闇落ちパーティで物騒なんだから」

俺は手紙を見ながら言った。

「じゃあ～、サシャが行きそうなところをみんなで手分けして探しましょうよぉ！」

ダリアの提案に、みんな大きく頷いた。

参ったな……こりゃ、仕事どころじゃないぞ。

俺は困り果てながらも、とにかくサシャを探す事にした。

サシャが行きそうなところか……

そういえば、彼女はケル・カフェを気に入っていたな。

あとは、ネイルが好きだから、ネイルサロンとか？

しかし、置き手紙までしていく場所じゃない気がする。

だが、他に思い当たるところもないので、俺はとりあえずセントルルアに向かった。


セントルルアに到着し、まずケル・カフェのラーマさんに尋ねた。

「サシャさん？　いいや、見てないぞ。どうしたんだ？」

「いや、いや、大した事じゃないんです。もしも、見かけたらエイシャルが探してたって伝えてください」

そうして、ケル・カフェをあとにし、今度はサシャ行きつけのネイルサロンへ向かった。

「サシャ様ですか？　いいえ、お見えになっていませんけど。最近いつ来たか？　失礼ですけど、サシャ様のご家族の方ですか？　お客様の個人的な情報はお伝えできませんので……」

ネイリストさんはそう言うと、店に戻っていった。

ここもダメか……

サシャの奴、一体どこに行ったんだろう？

俺は困り果てて、セントルルアの公園のベンチに座った。

そもそも、昨日の今日で……そうか！

昨日の今日、魔法遊園地で何かあったんだ。

そうすると、サシャが向かった可能性が高いのは、ローズフリー国の王都ロージア。

俺はそう閃《ひらめ》いた。

早速馬を飛ばしてロージアに出発した。


しばらく馬に乗りロージアに到着したものの、サシャがどこにいるかはさっぱりだった。

うーん、困ったなぁ。

手当たり次第に探すしかないか。

俺がそう思っていると……

サシャが花を買っているのを見つけた。

おい、めちゃくちゃ偶然だな！

それにしても花？

一体何してるんだ？

俺はサシャのあとをつける事にした。

サシャはロージアにある王立病院ロイスに入っていく。

「サシャ……！」

奥まで行かれるとやっかいなので、俺はそこで彼女を呼びとめた。

「エイシャル……!?」

サシャは驚いて、先ほど買った花束を病院の廊下に落とした。

それを拾ってサシャに渡すと、尋ねる。

「どうしてこんなところに？」

「エイシャル……ここじゃなんだから、病院のレストランに行くわよ」

「あ、あぁ……」

俺はサシャのあとについていった。

レストランのテーブルにつくと、彼女は話し始める。

「あたしには妹がいたの。両親は早くに事故で死んで……二人で支え合って生きてきた。でも、神様っていないもんだね。妹は目の病になった。魔法手術しないと失明と言われて……あたしは、その手術費を稼ぐために奴隷商館に身を売ったんだ。しばらくして、妹の目は良くなったと聞いたわ。でも……昨日魔法遊園地の帰りにこの病院から出てくる妹を見たの。再発したんだって。看護師さんに聞いた。あの子が可哀想で……せめてあたしの貯金を手術費に……」

いつもツンケンしているサシャが涙を流してそう言った。

「妹さんには……その、会ったのか……？」

「あの子は養子にもらわれて、目の病気以外は幸せに暮らしてるわ。あたしがしゃしゃり出るところじゃない」

サシャは涙を拭って言った。

「その花はじゃあ……」

「妹は今目が見えないし、そっと置いておいたら、看護師さんか新しい家族が生けてくれると思ったの」

「それでいいのか？」

「うん。花を置いて、貯金を看護師さんに渡したら帰るから、ちょっとついてきてちょうだい」

サシャは明るくそう言って、立ち上がった。

妹さんの病室に静かにサシャが入った時……

「お姉……ちゃん……？」

ベッドで寝ていた妹さんは確かにそう言った。

「!?」

サシャは黙って驚いている。

「この匂いはお姉ちゃんよ……来てくれたんだね！　私、ずっと待ってたよ」

「……もう、あたしは奴隷になったわ。サリア、あなたはあたしに話しかけちゃダメ。あたしは今は幸せに暮らしてるけれど……ごめん、助けてあげられなくて……」

サシャはそのまま病室を去ろうとする。

「待ってよ！　ずるいよ、私だってお姉ちゃんの力になりたいのに……自分ばっかり……」

「サリア……」

「私ね、病気が治ったらお姉ちゃんに会いに行くから！　今度は私がお姉ちゃんを幸せにしてあげるんだぁ……！」

サリアの言葉を聞いたサシャはうずくまり、嗚咽《おえつ》した。

その様子を見た俺はサリアの手術費を支払う事を決めた。

その時、俺の身体から光が溢れ、呪いがまた一つ解けた。

今度は『飼育』のスキルが戻ったようだ。

◇　◇　◇

そうして半年後、サリアは目の病気がよくなり、たまに辺境の屋敷まで遊びに来るようになった。

サシャには笑顔が増え、それは周りをも幸せにした。

その日は仕事デイだった。

だった、と言うのも、もう仕事も終わりみんな帰宅する時間だからだ。

ギルド組のネレ達がスキップしながら帰ってきたのでどうしたのか聞いてみたところ、明日セントルルアで開催される音楽フェスのチケットが当たったのだと言う。

「まじかぁ！」

早速明日は仕事を休みにして、これから音楽フェスの準備をする事にした。

「明日、寒い。防寒大事」

ネレがボソボソっと言うと、エルメスが同意する。

「確かに明日は寒いですです♡」

「フェスなら、マフラーよりもネックウォーマーの方がいいんじゃないでしょうか？」

ステイシーが提案する。

「ダウンコートは必須よぉ」

ダリアも必需品を思い浮かべているようだ。

「裏起毛のタイツを履いていかなくっちゃっ！」

「腰スカートも温かいですわよ」

ニーナとリリーが言う。そんなやり取りを聞いて女性は冬も大変なんだな、と実感する。

あらかた準備を終えると、俺達は音楽フェスのパンフレットを見て、こたつの上でタイムテーブルを作る事にした。

出演アーティストは……

○Akiko
○YOASOBU
○Spit
○ケンシ
○あいみん
○Kings
○奈美子
○Topnumber
○ヨルダケ
○ONEOKPOP
○柑橘

……などなど。

それぞれ五曲ほど、時間差でやるらしく、タイムテーブルは必須とも言える。

俺はやっぱり男のアーティストの曲を聴きたいから、ONE OK POPは外せないよなぁ。

あとは、柑橘も青春の曲として……

俺達はそれから一時間、黙々とタイムテーブルを作った。

そして、二十三時頃にやっとみんな眠りについた。

明日、寝不足じゃなきゃいいけど。

音楽フェスは昼間なので、朝から準備をしなくてはならないのだ。

◇　◇　◇

翌朝。

朝ごはんのサンドイッチを頬張ると、みんなは着替えなどの準備を始めた。

「ジャジャーン！　これ、なーんだ？」

サシャがパレットを広げて見せてきた。

赤、青、黄など五十色ほどの色が入った絵の具？　のようだが……

「絵でも描くんでありますか、サシャさん？」

ラボルドが俺の疑問をそのまま聞いてくれた。

「バカねぇ。描くのは絵だけど、これはフェイスペイント用の特殊な絵の具よ。前に買っておいたけど、使う機会がなかったの」

サシャはそう言って絵の具を眺める。

「フェイスペイントかぁ」

「良いですねぇ！　フェスっぽくなってきたじゃありませんか！」

俺とサクは口々に言った。

「じゃあみんな、あたしが描くから、何を描いてほしいか考えてちょうだい。あんまり面倒なのはごめんよ？」

サシャの言葉を聞いて、俺達はそれぞれで考える。

フェイスペイントなどした事がなかったため、急に言われてもパッとは思いつかない。

「えーと……じゃあ、俺は星をほっぺたに……」

「了解。そこに座って動かないで」

俺はサシャに星をいくつか描いてもらった。

うん、良いじゃん。

フェスっぽいな。

「俺はさ、ドラゴンにするわ」

アイシスが言った。

くそー、確かにドラゴンはかっこいい。

俺もそれにすればよかった！

そう後悔するが、まぁ、星も悪くはない。

そして、シルビアは雪の結晶。

ビビアンはウサちゃん。

クレオはライオン。

ネレはハート。

それぞれサシャに描いてもらって、俺達はタイムテーブルをポケットやバッグに入れて出発した。


フェスはセントルルアの広場で開催されるのだが、かなり賑わっていた。

「みんな、ここでお別れだ！　それぞれタイムテーブルに従ってフェスを楽しもう！　昼メシはフェスの休憩時間の十二時からだぞ！　よし、レッツゴー！」

俺の声を合図に、みんなは各自お目当てのアーティストのところへ向かった。

俺はＯＮＥ ＯＫ ＰＯＰからだ。

その場所に近づくにつれ、名曲『ヘビーラブ』が聞こえてきた。


ノリノリで音楽フェスを楽しんだ俺は、十二時になると待ち合わせ場所に向かった。

広場には、B級グルメ屋台がひしめいている。

集合したビビアン達は食べたそうにしていたが、人が多すぎるため、並んでいたら音楽フェスが再開してしまう。

そこで、俺達は穴場のケル・カフェに足を向けた。

ケル・カフェもいつもよりは混んでいたけど、まだ席を確保できたので助かった。

俺達が座ると、ラーマさんが少し緊張した面持ちで、俺に話しかけてくる。

「エ、エイシャル……いや、エイシャルさん……」

「なんだ、ラーマさん。いつもは、エイシャルって言うのに」

俺がメニューを受け取りながら尋ねると、ラーマさんは頬をかいて答える。

「いや、さっき聞いちまったんだ。制王様の名前がエイシャルだとな……エイシャルなんて名前は珍しいし、もしかしてと思って……」

これはもう隠し通せないな。

「あはは……その通り、俺が制王だよ。しかし、俺が制王である事はもう結構な人が知っている。ラーマさんにはいつもお世話になっていたのに、言ってなくてすまなかった……ただ、俺は特別扱いされるのが嫌で……」

俺は自分の素直な気持ちを言う。

「そうか……いや、エイシャルはエイシャルだ。そうだよな？　制王様でも関係ねぇ！　俺は今までのお前との関係を大切にするよ。でも、この世界をサイコから守ってくれよな！」

ラーマさんはそう言ってくれた。

「ありがとう、ラーマさん。任せてください！　この世界はサイコには渡しませんよ」

俺と握手を交わしたラーマさんは注文を取り、厨房《ちゅうぼう》に去っていった。

「とうとう、バレちゃった」

サシャがニヤニヤして言う。

「まぁ、時間の問題だったよ。ラーマさんにはもっと早く言うべきだったのかもしれないし。制王だったら、サービスしてくれるのかな？」

俺がそう言うと、みんなは笑った。

そうだ、ラーマさん達のためにも、俺は最終戦でサイコには負けられないんだよな。

まあ今はそれは置いておいて、俺は運ばれてきた魚介のトマトクリームパスタを食べて腹を満たし、午後からのフェスに備えた。


フェスの午後の部が始まり、みんなバラバラかと思いきや、最後は同じアーティストのところで一緒になった。

心に染みるような良い曲を締めに聞いて、フェスは終わった。

思いっきり楽しんだ俺達は眠ってしまったビビアンとクレオを背中におんぶして、帰路についたのだった。

◇　◇　◇

その日は、再び仕事デイだった。

ギルド組はみんなダンジョンに向かい、俺は『飼育』のスキルが戻ったので、久しぶりにモンスター達を思う存分もふもふして戯《たわむ》れていた。

「ケールやミュパもエイシャルさんが遊んでくれて楽しそうっす！」

「そうかな」

マルクと二人で話していると、ふと気づいた。

「あれ？」

「どうしたんすか？」

「ミュパの毛並みが……」

「ノミトリシャンプーなら、この間したっすけどね」

マルクがそう言ったが、俺は首を横に振る。

「いや、ノミはいないと思うけど、毛が絡まってるんだよ。ブラッシングしてあげた方がいいんじゃないかな？」

「確かに……換毛期もあったっすからね」

「よし！　そうと決まれば早速やろう。モンスター用のブラシ、あったよな？」

「はいっす。確か倉庫に仕舞ってあるっす！　持ってくるっす！」

マルクはそう言って倉庫に向かおうとする。

「じゃあ、俺は敷地組と家事組を呼んでくるよ。俺とマルクの二人じゃ、ミュパとケールは手に負えないからな」

「よろしくお願いするっす」


そんなわけで、ビッケル、ラボルド、ルイス、ロード、シャオ、シルビア、リリー、エルメス、ステイシーを呼んできた。

あと、お子様二人組も暇そうなので、来てもらった。

「さて、みんなでモンスター達のブラッシングをするぞ。ビッケル、ラボルド、ロード、シャオ、ルイスはミュパをやってくれ。女性陣は、ユニコーンのコロンとか、リリアとか、狼の三郎《さぶろう》とかを頼む」

俺はテキパキと指示を出して、それぞれのブラッシングを見て回る。

「うぉぉぉぉー！　ミュパに大きな毛玉が！」

「ミュパ！　身震いするな！」

「こらこら、戯れるんじゃない」

男性陣はミュパに悪戦苦闘している様子だ。

コロンやリリア、三郎は比較的おとなしく、女性陣はもふもふしながら、丁寧にブラッシングしていた。

ウォルルが自分も自分もと俺に寄ってきたが、ウォルルに毛はないのだ。

「ウォルルはあっちで遊んでなさい」

俺がそう言うと、ウォルルはしょぼんとしてうずくまった。

仕方ないので、ウォルルの硬い皮膚《ひふ》にブラッシングをしてあげる。

「きゅーん！」

ウォルルは喜んでいるようだ。


こうして、大変だったブラッシングも終わり、俺達は毛まみれになって、屋敷に帰った。

洗濯カゴに毛まみれの洋服を入れるとお風呂に入り、その後は、いつも通り楽しい夕飯が始まった。

ギルド組は家事組、敷地組がぐったりしてるのを珍しそうに見ていた。

俺達はブラッシングがどんなに大変だったかを、彼らに話して聞かせる。

そうして、夜は更けていった。

◇　◇　◇

その日の仕事終わり、普段と同じくみんなで夕食をとっていたのだが、いつも三杯はお代わりするクレオが、全く食べていなかった。

「クレオちゃん、どうしたの？　お腹でも痛いの？」

シルビアがクレオのおでこに手を当てながら、尋ねた。

「…………」

クレオは無言で首を振る。

「じゃあ、一体どうしたんだ？」

「……オレさま、歯が痛いぞ……」

俺が聞くと、クレオはやっとポツリとそう答えた。

「あら、虫歯ですです～？」

エルメスがクレオの口を覗き込みながら言う。

「そういう事なら明日、歯医者に連れていこう」

そう言うと、クレオは首を横に振った。

「嫌だぞ、オレさま行かないぞ！！」

「行かないって言ったたって、虫歯なんだろ？　放っておくとますます酷くなるんだぞ」

「良いもん……オレさま、歯医者なんかキライだ！」

頑なに言うクレオを見て、ビビアンが手を挙げる。

「ビビも一緒に行ってあげるのだ！」

「ビビ……でも、歯医者はいたいんだぞ……」

「大丈夫ですよ、クレオくん。そういう事ならみんなで行きましょう！」

ルイスがわけのわからない事を言い出した。

「みんなって……あのな、遠足じゃないんだぞ？」

俺は呆れて言った。

「クレオくんが怖がってるから、仕方ないでしょう？　それに、歯は大人も大切ですよ。みんなで歯科検診といきましょうよ」

ルイスが珍しくまともな事を言う。

そういえば、最近歯医者に行ってなかったな……

「いいじゃんっ！　みんなで行こっ！」

ニーナがノリノリで賛成するが、ジライアは苦笑いだ。

「いやぁ、はっはっはっ！　私は遠慮して……」

「あら、ジライアさん、歯医者が怖いんですのー？」

リリーが意地悪くジライアを詰める。

「ま、まさか！　いや、行きましょう！」


というわけで翌日、みんなで歯医者を訪れた。

クレオは軽い虫歯だったようで、二、三回の治療で治るという事だった。

泣かずに頑張って治療を受けている。

「いだだたたた！　はい！　痛いですぞ！　先生！」

悲鳴をあげていたのは、虫歯が三本あったジライアだった。

ジライアは当分歯医者に通う事になりそうだ。

「情けないー……大人のくせして、痛い痛いって……」

サシャがジライアをさめた目で見ながらそう言った。

まぁ、歯医者って痛いけどね……

俺も歯石を取ってもらって検査したが、虫歯はなかった。

クレオとビビアンは、歯医者を頑張ったご褒美にチョコバナナクレープを買ってもらっていた。

こうして、ジライアを残して歯科検診は終わり、みんな歯磨きを以前にも増して頑張るようになった。

◇◇◇

その日はみんなで、臼《うす》と杵《きね》を持ち出して餅つきをする事になった。

冷たい風が吹く中、俺達は気合いを入れて餅をつく。

主に男性陣が杵を持つのだが、途中から力持ちブレスレットをつけた女性陣も参加して、「よいしょ！」「はい！」「よいしょ！」と掛け声をかけてリズムよく餅をついている。

男性陣は歓声を上げながらそれを見学する始末だった。

でき立ての餅を屋敷のリビングに持っていき、熱々のうちに切り分け、丸める。

ビビアンもクレオも一生懸命だ。

そうして、餅が出来上がり、みんなそれぞれの方法で食べた。

苺大福にして食べる女性陣とシャオ。

メロン、マンゴーなどを組み合わせたフルーツ大福を作っているステイシーとエルメス。

餡子《あんこ》が入った王道の大福に舌鼓《したつづみ》を打つ俺。

バター餅というバターと砂糖と卵黄などを混ぜた一風変わった餅をリリーが作る。

最後に、シルビアがお雑煮《ぞうに》に餅を入れていた。

みんな、それぞれの餅をシェアしながら食べた。

俺達はヘスティアの火魔法が効いた暖炉《だんろ》の前で温まりながら、餅を堪能した。

お子様二人はお腹いっぱいになったのか、暖炉の前でリリアにもたれかかって眠っている。

「風邪ひくぞ、ビビ、クレオー」

「起こすのは可哀想よ。運んであげて」

シルビアがそう言うので、俺とサクで屋根裏部屋のベッドに運んだ。

きっと夢で餅つきでもしてるんだろう。

下におりると、アイシスが俺に話しかけた。

「なぁ、エイシャル」

「なんだ？」

「シャイド王が寿命って呟いていたってゲオから聞いただろ？」

アイシスの言葉を聞き、俺は頷いた。

「そういえば言ってたな。アイシスもゲオから聞いたのか？」

「ああ。どうも、人間の寿命じゃないみたいだぜ？　何かのものの寿命のようだとさ」

「もの……？　ものって一体何なんだ？」

俺は首を捻る。

「さぁー？　でも、この間ゲオとダンジョンで会った時に言ってた最新情報だから、間違いないよ」

「そっか……謎は深まるばかりだなぁ」

「さぁ、皆さん、締めのお雑煮ですわよ。これが夜ご飯ですから、お腹が空かないようにたくさん食べて寝てくださいな。あっ、喉《のど》に詰まらせないように、ですわよ？」

リリー達がお雑煮を配り、俺達はそれを食べた。

出汁《だし》がきいていて餅にも染み込んでおり、とても美味しかった。

こうして、辺境餅つき大会は幕を閉じたのだった。

◇◇◇

ある休みの日、昼頃に起きたら、屋敷はガランとしていた。

「あれ、みんなどこ行ったんだ？」

俺が呟くと、シルビアがキッチンから出てきた。

「みんな、給料日後だから遊びに行っちゃったわよ」

「あぁ、そっか！　昨日は給料日だったね」

俺はシルビアの言葉を聞いて、思い出した。

「朝食、フレンチトーストしかないけど、それでいい？」

「あぁ、いいよ」

シルビアが作ってくれたフレンチトーストを食べながら思う。

これはチャンスなんじゃないか？

「ねぇ、シルビア、海の見えるレストランに行きたいって言ってたよね？」

「え、えぇ……」

「今から魔法自動車で行こうか」

俺がそう提案すると、シルビアは顔をぱっと明るくした。

「本当!? 嬉しいわ。ちょっと着替えてくるわね」


その後、俺達は魔法自動車で海の見えるレストランに向かって出発した。

「エイシャルと二人きりも久しぶりだわ」

シルビアが言う。

「そうだね。なんだかんだで色々忙しいからね、平日は。シルビアは家事だし、俺は仕事だし……」

俺は道を右折しながら、答えた。

「ニーナがラークさんと行って、とっても良かったんですって、海の見えるレストラン。だから、私も……その、エイシャルと……」

シルビアはそこで口ごもる。

しかし、俺はニーナとラークさんがデートしていた事に驚いた。

「へぇー！　じゃあ、あの二人は上手くいってるんだね」

「ま、まぁね……」

あれ、まずい事を言ったかな？

「あ、俺もシルビアと行けて嬉しいよ」

俺はぎりぎりで気づいてそうフォローした。

「ふふふ！」

シルビアは嬉しそうに笑っている。

良い感じだぞ。

今日こそ、言うんだ。

付き合ってくださいって！

俺は意気込んでいた。

しかし、屋敷のメンバーの話などで盛り上がり、中々告白する雰囲気にならなかった。


そうこうしていると、海の見えるレストランに到着した。

少し冷たい潮風が吹いていたが、陽光が差し、海は穏やかにエメラルドグリーンに輝いていた。

その側に、赤い屋根のレストランがある。

「へぇ、ここかぁ」

「ねっ、素敵でしょう？」

俺達はレストランに入った。

「いらっしゃいませ。二階の個室が空いてますが、どうされますか？　二階の方がより眺めがいいですよ」

ウェイトレスの女の子がそう言ったので、二階の個室を選んだ。

窓からは水平線まで見渡せ、海は光りながら穏やかに波打っていた。

「おぉ、すごい綺麗だね！」

「えぇ」

ここで、でも君の方が綺麗だよ、などとアイシスなら言いそうだが、俺には無理だったので断念した。

前菜のスープとサラダが運ばれてきた。

「そういえばビビアンたら、この間リリーのお化粧を勝手に使って、もうお化けみたいになっちゃってたのよ」

「へぇ、ビビアンもおしゃれし始める年なんだね」

俺はサラダを食べながら言った。

確かにこの前、メイクアップセットを欲しがっていたもんな。

「それはそうよ。女の子の成長なんて、あっという間なんだから。そのうち恋人でも連れてくるかもしれないわよ？」

シルビアが脅《おど》かすように言う。

「おいおい、まだだいぶ先の話だろう？　そんなの」

「あら、だからあっという間だってば」

シルビアはピシャリと言った。

そうか、ビビアンの彼氏かぁ……

超複雑な心境である。

「ふふふ。エイシャルはビビアンのお父さんみたいだものね」

「そんなに年じゃないけどね。まぁ、娘みたいなものかな？」

そんな話をして、たまに海の波しぶきに目をやりながら楽しい一時を過ごした。

「さて、これからどうしようか？　まだ、十六時だから、帰るには早いかな？」

「あの丘の上に展望台があるって聞いたわ。きっと、景色が綺麗なんじゃないかしら？　星も見えるらしいけど、ちょっと時間が早すぎるわよね……」

シルビアが少し残念そうに言う。

「じゃ、あの丘に登ろう。夕焼けも綺麗だよ、きっと」


俺達は勘定を済ませ、丘に向けて車を発進させた。

五分もかからずに丘のふもとに着き、ゆるやかに傾斜《けいしゃ》のついた道を歩いて登る。

「ニーナとラークさんもここを登ったのかしらねぇ？」

「あの二人、付き合ってるの？」

俺はシルビアに尋ねる。

「いいえ、そういうわけじゃないみたい。でも、二人とも両思いだと思うんだけど……」

とシルビア。

「そっか、上手くいくといいね」

他愛のない話をしていると、展望台に到着した。

銅貨一枚で望遠鏡が覗けるみたいだ。

おみくじもあったので、二人で引いてみた。

「あら、大吉だわ」

シルビアが言う。

俺は……

「凶……!?」

俺はおみくじを見て愕然《がくぜん》とする。

「えぇぇぇぇぇ!?　エイシャルったら！　凶なんて、出る確率の方が低いのに！」

シルビアはものすごく驚いている。

「なんて書いてあるの？」

「恋のチャンスを逃す、だって……」

「あら……エイシャルらしいわね」

「逃すつもりはないよ」

「えっ……？」

言うんだ、エイシャル。

男だろ。

付き合ってくださいって――

「シルビア……ずっと好きだったんだ……俺と付き合ってくれませんか？」

「……ええ。私もずっと好きだったの……だから、イエスよ」

「シルビア……！」

そうして、俺達は抱きしめ合った。

その時、俺の身体が光り、呪いがまた一つ解けた。

どうやら、『採石』のスキルが戻ったようだ。

こうして、凶のおみくじがきっかけとなり、俺達は結ばれたのだった。

凶のおみくじは今でも大切に財布に入れている。

◇　◇　◇

その日は仕事デイだった。

俺は『採石』のスキルでグレシャントをとり、セントルルアの道具屋兼カフェのラーマさんのところに売りに向かった。

金貨七枚でグレシャントを買い取ってもらうと、俺はせっかくなのでケル・カフェで休憩していく事にした。

はぁー……疲れたな。

それにしても冷えるなぁ。

ホットココアでも飲むか。

その時、お決まりのゲオが現れた。

「おぉ、ゲオ」

「よぉ、エイシャル」

挨拶すると、ゲオが向かいに座った。

「スキルは戻ったのか？」

そう尋ねたゲオに、俺は頷いた。

「あぁ、四つだけな。お前さんの言う通り、呪いは愛の力に弱いらしいな」

「……だろうな」

俺の言葉にゲオは煮え切らない答えを返した。

「どうしたんだ？　何か言いたい事があるんじゃないのか？」

「全ての真実がわかったんだ……」

俺の問いにゲオはそれだけ答えた。

「全ての真実……？」

俺は呟くように言った。

「なぜ、町や平野にモンスターが現れるのか……その謎さ」

ゲオは神妙な面持ちで続けた。

「え⁉　なぜなんだ⁉」

身を乗り出して俺は尋ねる。

「いいか、エイシャル。あの伝説は知ってるだろう？」

「は……？」

「かつて、始まりの勇者オリアスと天の神ザフィアが力を合わせて、各地のダンジョンに封印石《ふういんせき》を作り、入り口に埋めたという……その伝説だよ……」

「あ、あぁ。知ってるけど、それがどうかしたのか？」

俺がさらに聞くと、ゲオは呆れながらも説明する。

「鈍《にぶ》いな……その伝説が本当だったようでな。モンスターが各地のダンジョンから出てこなかったのは、入り口にその封印石があったからだ。しかし、シャイド国の兵によってそれが掘りおこされ、封印石が持ち去られ始めたんだ」

「！　つまり……町や平野のモンスターはダンジョンから溢れ出ている⁉」

俺はやっとゲオの話の意図に気づいた。

「そうだ……おかしいと思わなかったか？　シャベルを持ち、現れるシャイド兵。それと同時に平野に現れるモンスター。シャイド兵によって封印石が盗まれているならば、合点《がてん》がいくんだよ……」

ゲオの話を聞き、俺は納得する。

封印石とやらはただの石ではないのだろう。だからこそ、普通のシャベルでなく、魔道具らしきものを使っていたのだ。

「なるほど……ダンジョンから封印石が盗まれていたのか……」

「そこで、だ。おかしいと思わないか？　なぜ、シャイド兵が封印石を盗んでいくのか……？」

「確かに、なぜだろう？　シャイド国のダンジョンにも封印石はあるよな？　必要なら自分の国のものを使えば良いじゃんか？」

俺はホットココアを飲み、そう言った。

その場合はもちろん魔物の対策をする必要が出てくるが……

「ここでだ。サイコの目的を思い出してみろ」

「えーと……人類を滅亡させる事……だっけ？」

俺はゲオの質問にそう答えた。

「そうだ。つまり、封印石がなくなって、町や平野にモンスターが現れて人を襲ってくれれば、サイコにとってはこれ以上ラッキーな事はない。シャイド国はもちろん闇落ちしているが、奴にこう洗脳されている。『封印石には、寿命がある。このままでは封印石の寿命が切れ、シャイド国のダンジョンからモンスターが溢れ出し、シャイド国は滅亡する』ってな。そうすると、どうだ？シャイド国は他国の封印石を盗み、自国の封印石と合成して、寿命を伸ばそうとするはずだ。わかるか、エイシャル。全てはサイコの陰謀《いんぼう》なんだよ」

ゲオは言った。

「そうか、なるほど合点がいったよ。そういう事だったのか……」

自身の国を守るためであれば、他国と争う危険をおかしてでも他から封印石を盗むのはありえる。まあ、そもそもシャイド王はサイコに操られているので、そのリスクを考えているかもあやしいが。

「そして、ここからが本題だ」

「は？　まだあるのか？」

「あぁ、もちろん。シャイド国を止めるためにはサイコを倒して闇落ちを解くしかない。だが、既に盗まれた封印石はシャイド国の封印石に合成されている。エイシャル、お前のスキルで封印石を作れないか……？」

ゲオは意外な言葉を口にした。

作る？

俺のスキルで？

しかし……

「悪いけど無理だよ。まだ、『合成』のスキルは戻ってないんだ。それに、『合成』のスキルが戻ったとしても封印石なんてどう作ればいいのか……レシピがわからないとね」

「そうか……しかし、スキルがもし戻ったら考えておいてくれ。お前の『生産者』のスキルは普通のスキルと違い超強力だ。お前ならきっと封印石を作れる。そう思うんだ」

ゲオは真面目にそう言う。

「うーん、わかったよ。スキルが戻ったらやってみよう」

俺が答えると、ゲオは頷いて立ち上がった。

「話はそれだけだ。この話はまだ一般人には秘密だ。言ってもシャイド国と戦争しよう！　とかいうろくでもない結果になりかねないし、混乱を招くだけだからな。モンスターが現れる理由については、まだ不明としているんだ。そこだけ頼んだぞ」

「わかった。安心しろよ。言わないよ」

ゲオの忠告に俺はそう答えて、ゲオと同じように席を立った。

会計はまた俺だった……


俺は色々な事に思いを巡らせながら、辺境のみんなのところへ帰った。

夕食はすき焼きらしい。

今日も激戦だ。

自分の分の肉を確保しとかなきゃな。

そんなどうでも良い事を考えているうちに賑やかな夕食時を迎え、美味い美味いと言いながらみんなですき焼きをつついた。

そして、夜は更けていく。

サイコとの最終戦は近い。

そう思うと、その日はなんだかあまり眠れなかった。

◇　◇　◇

翌朝、またスケジュールボードをかける。

その日は休みだったのだが、みんな給料日前で金がないとの事……

午前中はゴロゴロして過ごしていたが、午後になって俺は言った。

「なぁ、みんなで裏山を登りに行かないか？」

裏山とは、俺が採石をしたり狩猟をしたり採取したりする、敷地の裏にある山の事だ。

みんなに、俺の仕事場を案内してやりたかったのだ。

「あら、じゃあお弁当を作るわ」

「山頂で食べたら美味しそうですわね」

シルビアとリリーはそう言って立ち上がった。

「裏山って面白いのだ……？」

ビビアンがあやしむように言うので、俺は力強く頷く。

「不思議なキノコがあるんだぞ、ビビ」

「行くのだ！」

「オレさまも！」

ふっ、ちょろいな……

「それに上手くいけば、宝石が取れるかも……」

さらに言うと、女性陣が「「「行く！」」」と、用意し始めた。

「イノシシ肉は美味いしなぁ」

この言葉につられたのは男性陣だ。

みんな目的はそれぞれだが、とにかく裏山に登る事になった。

俺達は列をなして、山道を登る。

途中で岩場に到着した。

「ここが、鉱石が取れる岩場だよ。まぁ、宝石にもなるかな？」

そう言うと、女性陣がいさましくツルハシで岩場を掘り始めた。

「エイシャル、ちょっとこれ！」

「この白いのなんですです!?」

サシャとエルメスが取れた鉱石を俺に見せる。

「おぉ、エルメスのはグレシャントの原石だよ！　サシャのはトレピスみたいだなぁ？」

「きゃー！　ネックレスにできる！」

サシャが喜ぶ。

「えーと……そろそろ、次の場所に行きたいんだけど……」

俺は女性陣に声をかける。

「仕方ないわねぇ。また来るわぁ」

ダリアがそう言って岩場から離れた。

「よし、それじゃ、あっちの方に行こう」

俺はみんなを案内する。

「あっちには一体何があるんです？」

尋ねてきたルイスに、俺は答える。

「そうだな、薬草が採取できたり、キノコが生えてたりする森があるな」

「キノコッ、キノコッ♪」

ビビアンは上機嫌だ。

そうして、俺達は森に入っていった。

「毒キノコもあるから気をつけろよー？」

俺は一応みんなに注意する。

「エイシャル、これはこれは？」

「それは、涙キノコだよ。毒キノコだから、食べちゃダメだぞ？」

そう言った時、シャオが泣き始めた。

「うぉぉぉぉー！　悲しいですぜー！　なぜか涙がこみ上げて……！」

あ、涙キノコ食ったな、シャオの奴……

「あのなぁ、食べる前に俺に見せろよ」

『キャハハハハハハ！　エイシャルったら、面白い顔してるわねー！』

今度はフレイディアが急に笑い出して言った。

どうも笑いキノコを食べたようだ。

だからっ！

俺に見せろってあれほど言ったのに！

というか、面白い顔で悪かったな。

シャオとフレイディアをそのままの状態で引き連れて、俺達は川辺に向かった。

「ここで、釣りをやってるんだよ。もう少し下流でもやるけどね。夏は涼《すず》しくて良い避暑地になるんだよ。冬はかなり寒いが」

そして、次は狩猟をする野原に出た。

「ここで、ウサギとかイノシシを狩るんだよ」

「イノシシはともかくウサギなんて、野蛮《やばん》ですわよ！」

俺の言葉にリリーが言った。

「まぁ……はは……狩りだから……」

俺は言葉を濁《にご》す。というか、俺が狩った獲物はあなた達、家事組に渡して調理してもらっているんですが……まあ、いいか。

「じゃ、山頂に行こう。こっちだよ」

しばらく歩いて山頂に到着すると、心地よい日が差して、ポカポカとして暖かかった。

俺達は野原にゴロンと横になり、しばらくぼーっとする。

そしてその後、待望のお弁当が広げられた。

サンドイッチやおにぎりや、色々なおかずが入っている。

「これなに？」

「それはちくわうずらですです～♡　ステイシーちゃんと私で作ったです～」

エルメスが言った。

うずらとちくわがマッチして、醤油とみりんの味付けもいい感じだ。

「美味しいよ、エルメス、ステイシー」

感想を言うと、二人とも嬉しそうな表情を浮かべる。

「しかし、ダルマスは今頃どうしているんでしょうなぁ？」

ビッケルが思い出したように言った。俺も少し考え込む。

「そうだな……たぶん、俺に血呪いの魔法をかけてルーファス大陸に戻っていると思うけど」

「でもっ、ダルマスも利用されてるだけかもっ？」

ニーナがそんな可能性に言及した。だけど……

「それは本人も重々承知なんじゃないかな？　サイコとダルマスは利害が一致した。それだけだと思うよ」

俺はひじきとシーチキンのマヨ和えを食べながらそう言った。

「うわぁぁぁん！　ビビが、オレさまのミニハンバーグ取ったー！」

クレオが泣き始めたので、みんなダルマスの話どころではなくなり、クレオをあやして、ビビアンを叱《しか》った。

「だって、クレオが食べるの遅いんだもーん！」

ビビアンは反省していない様子で言う。

『ビビ、強し……！』

ヘスティアがなんだか、感銘《かんめい》を受けたように言った。

そうして、休日の裏山登りは終わった。


屋敷に帰り着くと、家が一番だと口々に言い、くつろいでいた。

俺も部屋でゆっくり読みかけの小説を読む。

しかしダルマスか……

そういえば血の繋がった本当の家族はダルマスだけだなぁ。

でも、あんな奴……

俺の家族はこの屋敷のみんなだけだ。

そう思った時、ビビアンが夕飯ができたと呼びに来た。

そうして、今日も賑やかな食卓を囲み、一日が終わっていくのだった。

◇　◇　◇

俺――アイシスはその日、セントルルアのバーで、一人で飲んでいた。

女の子に二股《ふたまた》がバレたので、両方にフラれてしまった直後だった。

だから、一人だ。

俺がなぜ、こんなにも軽い恋愛を繰り返すのか……？

それにはある理由があった。


五年前……

俺には愛する人がいた。

サンタナ。

小さい頃からの幼馴染《おさななじみ》で、二人でいる事にも、結婚する事にも疑問はなかった。

俺が魔法学園に入学する時に離れ離れになったものの、将来を約束し合い、それは揺るぎない関係だと思っていたんだ。

だが魔法学園を卒業し、地元に帰ると、サンタナは俺の親友でもあったロイスと腕を組んで歩いていた。

俺は彼女を問い詰めた。

だけど返ってきた言葉は……

「ロイスの方が将来性があるから……」

だった。

確かにロイスは男爵家の長男で跡を継ぐ事が正式に決まっている。

でも俺だって、頑張って魔法学園で修業して、一人前のハンターになったのに……

俺は彼女の頬を平手打ちした。

女の子に手を上げたのは、それが最初で最後だった。

心の中に憎しみと怒りが溢れた。

俺はそれから毎晩飲み歩き、女遊びをし、借金を作り、奴隷にまで落ちた。

だけど、何も感じなかった。

これで彼女の事を振り切れると、そう思った。

それならば、奴隷だって悪くないかなって。

だけどさ。

彼女の影は亡霊《ぼうれい》のように今でも俺につきまとってくるんだ。

三日月型の美しい瞳や少し大きくチャーミングな口元が作る笑顔を、俺は今も忘れられないままでいた。

そして現在――

何杯か酒を飲み、会計を済ませると、ちょうどエイシャルとシルビアがバーに入ってきた。

彼らは最近付き合い始めた。

それは嬉しい事だったが、今日はそれを素直に祝う気分じゃなかった。

「よっ、アイシス。女の子はいないのか？」

「やぁねぇ、また、二股でもかけてたの？」

二人が悪気なくいつものように言う。

「エイシャル、シルビア、浮かれるのは勝手だけど、本当の愛なんてこの世にはないぜ。まぁ、だけど、せいぜいお幸せに」

なんで、そんな酷い事を言ったんだろうと思った。

幸せな二人を引き裂くような酷い事を……

だけど、その日の俺はとてもイライラしていて、言わずにはいられなかった。

サンタナ……君は今、幸せなのか？

幸せを願う気持ちと不幸になれば良い、という気持ちが俺の中で渦巻《うずま》いていた。

ロイスに笑いかけるサンタナを思うだけで、胸は張り裂けそうなのに……

俺は屋敷に帰り、ウォッカを引っ掛けて無理やり眠りについた。

そうでもしなければ、眠る事はできなかったから……

次の日は休みで、俺はウォッカによる二日酔いの頭を押さえながら起き上がり、ダイニングに向かった。

そこには、ほとんどのメンバーはいない。

休日なので遊びに行っているのだろう。

そこに、新聞を読んでいるエイシャルがいた。

エイシャルは俺に気付くと、声をかけてきた。

「アイシス、おはよう」

「あ、あぁ……おはよう、エイシャル……」

俺は昨日八つ当たりしてしまった後ろめたさから、ぎこちない挨拶を返す。

「なぁ、アイシス」

「なんだよ?」

「何か俺に相談したい事があるんじゃないか？　昨日はらしくなかったよ」

エイシャルは鋭い。しかし——

「ただ酔ってただけだよ」

俺はつい意地を張った。

「アイシス、お前はさ、俺とシルビアがまだ付き合ってない頃、一生懸命応援してくれた。だから、恩返しがしたいんだよ」

「…………」

俺はそれを聞いて黙った。

「話してくれるまで待ってるからさ」

エイシャルはそう言った。

その優しさに負けて、俺は話した。

全てのいきさつを。

すると――

「よし、行こう！」

「え、行こうってどこに？」

「もちろん、サンタナさんのところにだよ！」

エイシャルは俺の問いにそう答えた。

そして二人でウォルルに乗り、サイネル国に向かう事になった。


「サンタナさんはサミルの町にいるんだな？」

「ロイスと結婚してるなら、サミルにいると思うよ……だけどさぁ、別の男と幸せになってるサンタナに今さら会って一体何になるんだ？」

俺はエイシャルにぼやいた。

「アイシス、過去と決別してこい。たとえ辛い結果でも、ちゃんと決着をつける事に意味があるんだ。俺はそう思うよ」

エイシャルは言った。

サミルの町に着くと、俺達はロイスの屋敷に向かった。

相変わらずバカでかい貴族様の屋敷だ。

しかし、ロイスは応接間に出てくるとこう言った。

「アイシスか……久しぶりだな。悪いけど、俺にはミアっていう奥さんがいるんだよ。今さらサンタナの事を聞かれても困る」

「え⁉　だってサンタナはお前と結婚するって……」

「サンタナなら、その後すぐに婚約破棄《こんやくはき》してどこかに行ったよ。サイネポルトで見かけたって人がいたけど、それしか知らない。さぁ、帰ってくれ」

ロイスは言った。

サンタナはロイスと結婚していない⁉

じゃ、一体誰と……？

俺はその時にどんな結末でも受け入れて、彼女に気持ちを伝えて、この過去にケリをつけようと、そう思った。

俺とエイシャルは再びウォルルに乗って、今度はサイネポルトに向かった。

しかし、彼女が住んでいる場所はおろか、何も手がかりはないのだ。

探し出せるのだろうか……？

◇　◇　◇

俺――エイシャルとアイシスは酒場で聞き込みをしたり、通りかかりの人に聞いたりして、サンタナの居場所を調べた。

しかし、知っているという人はなかなかいなかった。

「エイシャル、住宅街に行ってみよう！」

アイシスが言った。

「だけど、一軒一軒ノックしていくのか？　とてもじゃないけど、見つかりそうにないよ」

俺は自分から言い出しておいてアイシスに悪いと思ったが、そう答えた。

「いいから、行ってみようぜ！」

それでもアイシスがそう言うので、彼についていく。

住宅街を見て回っていると、アイシスの足取りが急に止まって、後ろを歩いていた俺は彼の背中にぶつかった。

「何してるんだよ、アイシス！」

俺は文句を言う。

しかし、アイシスは俺の言葉を無視し、一軒の小さな家を見て呟く。

「ここだ……！」

「え？　表札もないのに、わかるのか？」

アイシスに尋ねると、彼は答える。

「エイシャル、サンタナは俺にこう言ってたんだ。マリーゴールドのアイシスっていう花があって、それを庭いっぱいに植えた一軒家に二人で住むのが夢だって……だから……ここなんだよ……」

その小さな小さな一軒家の庭には、マリーゴールドが咲き誇っていた。

すると、美しい女性が玄関から現れた。

「アイシ……ス……⁉」

彼女はアイシスを見ると、涙をこぼした。

「サンタナ……」

「私、あなたが魔法学園に通い始めた頃にロイスから告白されて……だけど、本当に愛していたのは、あなただと気づいたの……お金も地位もいらないわ。ただあなたに会いたいと……だけど、あなたはもう奴隷としてどこに売られたかもわからないって……」

「サンタナ……！　俺も君をずっと……！」

抱きしめ合う二人を見て、俺はそっとその場を去った。

そして再び、俺の呪いが一つ解けた。

今度は『合成』のスキルが戻ったようだ。

どういう仕組みかはわからないが、とにかく愛のある場面に立ち会う事で呪いが解除されるのは確かなようだ。


その後、アイシスとサンタナは復縁し、アイシスは二度とナンパをする事がなくなった。

休日になると、ウキウキしてサンタナに会いに行くアイシスの顔は、一途《いちず》な恋する男の顔だった。

そしてそれは、少なからずみんなを幸せな気持ちにした。

第二章　最後の……

その日はいつも通り仕事の日。

みんながそれぞれの持ち場に向かうと、俺もある事を試すために準備する。

ある事とは……？

そう、封印石を『合成』のスキルで作り出すのだ。

アイシスの一件で『合成』のスキルが戻った俺はそれをゲオに伝えると、改めて彼に封印石を作ってほしいと頼まれていた。

もちろん、俺だって作れるものなら作りたいが、封印石——神石《しんせき》とも呼ばれるらしい——が俺のスキルで作れるのかどうかには、はっきり言って全く自信がなかった。

だが、やってみる価値はある。

俺は封印の玉と閉じ込めのオリハルコン、魔石を合成してみる事にした。

封印の玉も閉じ込めのオリハルコンも希少なもので価値が高い。上手くいけば封印石でなくても、近い何かを作る事ができるかもしれない。

「『合成』！」

すると——

光り輝く石ができた。

早速『観察』スキルで見てみると……

『封印のオリハルコン』
強力な魔力を放ち、モンスターの出入りを止める効果がある。

使用期限は三十年。

交換は必要だが、封印石よりもその効果は高い。


とあった。

これは……!?

できた……封印のオリハルコンができたぞ！

使用期限は三十年という事だから、このレシピを残して封印のオリハルコンを作る職人を育て、受け継いでいかなければならない。

しかし、大成功だ。

そのうちに合成技術が発達して、使用期限のない封印のオリハルコンができるかもしれないしな。


俺は早速封印のオリハルコンをゲオのところに持っていった。

牙狼団の訓練所を訪れると、ゲオの姿を見つけ声をかける。

「よぉ、ゲオ」

「どうしたんだ、エイシャル」

「どうしたもこうしたもない。お前が作ってくれって言ったんだろ？」

そう言うと、ゲオは不思議そうな顔をしている。

「は？　何をだ？」

「封印石だよ！」

「………⁉　封印石⁉　まさか封印石ができたって言うのか⁉」

ゲオは驚きの表情を浮かべた。

「まぁ、少し違うけどね。封印のオリハルコンだ。使用期限は三十年だから、封印石のように半永久の効果はないが、効果は確かだ」

俺は説明して、封印のオリハルコンを見せた。

「上出来だ！　これで、ダンジョンからのモンスターの流出を食い止める事ができるぞ！」

「そうだな。しかし、シャイド国はそれすらも掘りおこして、盗んでいくんじゃないか？」

「まぁ、そうだろうな。闇落ちの呪いと洗脳が解けない限りは……」

ゲオが眉間に皺を寄せて言った。

「結局、サイコを倒さないとどうにもならない、というわけか……」

俺も改めてそう結論づけた。

「まぁ、しかし、大きな一歩だ。これをできるだけ大量に作れるか？」

「うーん、まぁ、やってみるよ」

そう言って俺は辺境の屋敷に帰っていった。

◇　◇　◇

ダルマスとかいう奴が俺――サイコに報告を上げてきた。

「サイコ様、サイコ様の邪魔をするエイシャルが、封印石に似た効果のある石を作り出す事に成功したようです」

「なんだと⁉　封印石は伝説の石だ！　たとえあいつが『合成』のスキルを持っていたとしてもそう簡単に作れるはずがない！」

俺は怒りをぶつけるように言った。

「サイコ様のおっしゃる通り、普通の『合成士』ではまず無理ですが……エイシャルは『生産者』という職業を得ています。『合成』も普通の合成術とは違うはずです」

ダルマスは俺の覇気《はき》に臆《おく》しながらも告げた。

「ぐぬぬぬ……エイシャル！　邪魔だ……！　おい、ダルマスとか言ったな？　何か策はないのか？　血呪いの魔法もダメならば、俺が直々《じきじき》に成敗するしかなさそうだが……」

「一つだけ策がございます……」

ダルマスは俺にそう言った。

「なんだ？　言ってみろ」

「エイシャルには、ビビアンとクレオという可愛がっているガキが二人おります。そいつらを誘拐《ゆうかい》して、人質に取る事ができたなら……エイシャルは手も足も出ないでしょう」

ダルマスは自身の案を説明した。

この男はどこまでも小狡《こずる》い奴だ。

「ふん……良いだろう。その件、お前に任せて大丈夫なんだろうな？」

「もちろんです。お任せください。必ずやサイコ様の満足いく結果をお持ちいたします」

ダルマスはニヤリと笑い、言った。

よほど今回の作戦には自信があるのだろう。

「良いだろう。ガキを誘拐し、エイシャルの精神が弱ったところでトドメを刺せ。猶予《ゆうよ》は二週間だ。それがお前の寿命だと思って死にもの狂いでやれ」

俺はそう言って玉座を立った。

元魔王の息子・アンドラ、牙狼団のリーダー・ゲオ、そして、制王のエイシャル。

この三人が最も邪魔だが……エイシャル。

あいつが俺の一番の敵になる気がしてならなかった。

親に見放されたという共通の境遇がありながらも、俺とは真逆の道を歩んだエイシャル……

それが、俺は憎くて憎くて仕方なかった。

ダルマスとかいう奴には期待していなかったが、少しでもエイシャルにダメージを与える事ができれば……
そう思い、あいつの案を採用した。
家族を愛するエイシャルが、その家族を人質に取られた時、どんなに絶望するか……
それを見るのが楽しみで仕方なかった。
歪《ゆが》んでいる？
そんな事はとうに承知している。
勝つか負けるか、命をかけたゲームだ。
楽しもうじゃないか。
俺は家族愛などとぬるい事を言っている奴には、負けはしない。
必ず！
必ず勝ってみせる……！

◇　◇　◇

その日、ガフィアの町にプリティアショップがオープンしたという事で、ビビアンが俺——エイシャルを含む辺境の仲間達を引っぱって、その町を目指していた。

実は大人達もわりとるんるんなのだがその理由は、女性陣はプリティアショップに隣接するコスプレカフェ、男性陣はプリティアの実写版のアイドルが目当てだからである。

サクなど、気合いを入れてヘアスプレーを念入りに振りかけていた。

とにかく、そんなわけでクレオ以外のみんなはワクワクウキウキしながらプリティアショップに向かっていた。


到着すると、案の定プリティアショップには長蛇《ちょうだ》の列ができ、外のアイドルステージの周りにも大勢の人が集まっていた。

「くぅ……！　来るのが遅すぎましたね！」

サクが悔しそうに言う。

「プリティアスウィート役のロレアちゃん、可愛いっすよね！」

「プリティアクール……役の……サリーちゃん……だ……ろ……」

マルクが推しを見ようとしていると、サインが欲しいらしく、色紙を手にしたロードが静かに言った。

どうも男性陣はアイドル達を早く見たいらしい。

ビビアンも実写版が好きなので、男性陣と団結してしまっている。

俺はシルビアの手前、アンリちゃんが好きだとは言えない……

「お、お前らなぁ、アイドルなんて誰にでもいい顔してるんだから！」

俺は悔しまぎれに言う。

「おや、旦那はアンリちゃんファンだと前に言ってやしたじゃありませんか？」

シャオが暴露《ばくろ》して、女性陣から冷たい視線を浴びる事になった。

とにかく、プリティアショップに並ぶ者、コスプレカフェに向かう者、アイドルステージに群がる者に自然と分かれた。

「ビビ、プリティアキュートのバッグが欲しいのだ」

「うんうん。買ってあげるから、少し待ちなさい」

俺はビビアンをさとす。

「それからね、プリティアキュートの下敷きに、靴に、ヘアアクセに、プリティアボールに、ネックレスに……」

「うんうん……って、ちょーっと、待て！　そんなに買えるはずないだろ。おもちゃは三個までだぞ！」

そう注意すると、ビビアンは胸を張って言う。

「ビビ、お小遣い貯めてたのだ」

「えっ？　嘘だろ？」

俺はつい疑ってしまう。

「本当なのだよ。ほら、金貨三枚あるのだ」

ビビアンは財布の中の金貨を見せてきた。

「ビビアンのお金なら、いいじゃないの」

サシャが言う。

「だけど、そんなにたくさん買ってもなぁ……」

俺は渋るが……

「可哀想ですです。きっと、プリティアショップのために一生懸命に貯めてたんですです。ねっ？ビビちゃん？」

エルメスもビビアンの味方をするので、俺は観念してビビアンに言う。

「うーん、わかったよ。ビビアン、全部使うなよ？」

「うん！」

ビビアンは大きく頷いた。

そして、プリティアショップがオープンした。

プリティアショップには、商品商品商品！　そして、人人人！

とにかくごった返していた。

「ビビ、俺から離れるなよ！」

と言ってからふと繋いでいたはずの手を見ると、もうビビアンはいない。

「ビビアンー！　どこだー！」

俺はワイワイ賑わう人混みの中をビビアンを探して歩き回った。

あたりを見回すと、いつの間にかプリティアモデルのランジェリーコーナーに入り込んでしまっていた。

や、や、やばい！

すぐにその場を去ろうとするが、マネキンにぶつかり、それを押し倒して、その勢いで手にブラジャーとパンティーを掴んでしまった。

「やだ、変態よ……」

「警備員呼ぶ……？」

「呼びましょう！」

そんな声が聞こえてくる。

じょ、冗談じゃない！

そんな事で警備員に捕まったら、末代までの恥《はじ》だ！

俺は手に掴んでいた下着を投げ捨て、その場からダッシュで逃げた。

そして、やっとビビアンを文具コーナーで見つけた。

彼女は桜色かラベンダー色の消しゴムで迷っているみたいだ。

「ピンクがいい」

「あら、ラベンダーですです」

サシャとエルメスが違う事を言うので、ビビアンは両方買ってしまった。

会計を済ませて、プリティアショップをご満悦で出たビビアンと一緒に、隣のコスプレカフェに向かった。

そこにはなぜかコスプレしたリリーやニーナ、ジライアやラボルド、ルイスがいた。

「どうでした？　プリティアショップは？」

ルイスが尋ねる。

「あぁ、たくさん買ったよな、ビビアン」

「のだのだ」

ビビアンは紙袋を大切そうに床に下ろし、席に座った。

「アイドル組はまだ来ないのか？」

俺が聞くと、シルビアが答える。

「なんだか、盛り上がってるみたいよ。ロードはサインをもらうまで粘《ねば》るって言ってたわ」

「そういえばさ、プリティアショップのランジェリーコーナーに変態が出たらしいよ」

サシャが言った。

俺は真っ青になる。

「聞きましたですすー！　茶色の髪で襟足《えりあし》が少し長くて……百七十センチちょっとくらいの背丈

で……」

エルメスが言ったところで、みんなハッとする。

そう、俺に全て当てはまるのだ。

「ち、違うんだ！　みんな！　俺はビビを探してて……！」

「エイシャルさんって、変態でしたの……」

「きっと素質があったのよ……」

「真面目そうにしてるのにっ」

リリー、サシャ、ニーナがコソコソ話し始める。

「だーかーら！　ちがーーーーう！」

誤解は解けぬまま、アイドル組が揃って、俺達はプリティアショップのあるガフィアの町をあとにした。

俺にとってはとんだ一日になってしまったが、ビビアンの笑顔が見られたのでよしとしよう。

◇　◇　◇

その日、エイシャルはセントルルアの町のケルカフェを訪れていた。

俺——アイシスと残りのメンバーは、エイシャルの二十二歳のバースデーパーティーをサプライ

ズで開催する計画を立てていた。

誕生日は三日後だ。

「じゃあ、家事組がケーキ作りをするんですです？」

エルメスが確認する。

「そうそう。やっぱさ、ケーキは手作りの方が良いと思うんだ。美味しくて、見栄えの良いやつ頼んだ！」

俺は勢い込んで言った。

「敷地組とお子様組は屋敷の飾りつけをするでありますね」

「ああ、よろしく頼むぜラボルド！　大工のシャオとロードがいるから、結構なレベルの飾りつけができると思う。期待してるからなー」

「そして、ギルド組がプレゼント選びなわけねっ」

ニーナの言葉に、またしても俺は頷く。

「そそっ。俺らは単独で外に行っても闇落ちパーティとか、モンスターから身を守れるだろ？　だから、明日セントルルアに買いに行こう！」

というわけで、エイシャルの二十二歳のサプライズバースデーパーティーの計画が始まった。

エイシャルは今日はセントルルア、そして確か明日はガルディア王の舞踏会に呼ばれていて、明後日帰ってくるはずだ。

つまり、明日と明後日が勝負だ！


次の日の朝。

フレンチトーストの朝食からのスタートだ。

エイシャルが「俺さぁ、明日誕生……」と言いかけたが、みんなで、「あー忙しい！」と言って彼を放置した。

すまん、エイシャル！

もう少しの辛抱なんだ。

俺はそう心の中で謝った。

エイシャルがブツブツ文句を言いながらガルディア王の舞踏会に向かい、俺達は手はず通りに分かれた。

俺含むギルド組はエイシャルのバースデープレゼントを買いに行く。

よっしゃ、いいプレゼントを選ぶぜ！


早速モグに乗ってセントルルアにやってきた。

メンバーは、俺、ネレ、サシャ、ジライア、サク、ダリア、ニーナだ。

「何を買うか、ですな」

町を歩きながらジライアが言う。

「うーん、食べ物は家事組がばっちり用意するから〜、やっぱりものよねぇ」

ダリアの言葉を聞き、ニーナが提案する。

「ベルトはどうっ？　エイシャル好きじゃんっ？」

「ベルトじゃ、芸がありませんよ。エイシャルさん、たくさんコレクションしていますし」

異を唱えたサクにネレがぼそっと尋ねる。

「じゃ、何？」

「うーん、何がいいかなぁ？　寒くなるし、マフラーなんかどうだよ？」

「マフラーなんて安いじゃない。みんなからお金集めて、金貨二枚分あるのに」

俺のアイデアにはサシャから反論が出た。

もっともだ。

「じゃあ……」

「あっちにメンズショップがありますよ。見に行きましょう！」

サクが俺の言葉を遮って言った。

みんなでメンズショップにやってくると、早速見て回る。

「やだぁ。このジャケット、魔法繊維が入っててあったかいんですってぇ！」

ダリアがマネキンが着ているジャケットを指さす。

「いいですな！　冬でもエイシャル様は外に出る事が多いですからねぇ」

ジライアも賛成する。

というわけで、俺達はそのジャケットをプレゼント用にラッピングしてもらった。

さて、家事組はどうだろう？

◇　◇　◇

私――シルビア含め家事組はエイシャルの誕生日ケーキをレシピ本から選んでいた。

「あら、これ素敵ですわ。ナンバーケーキですって」

リリーがサンプルの中から、二歳のお祝いを二の文字の形のケーキで祝ったものを私達に見せる。

「素敵だけど、もっとボリュームあるケーキがいいんじゃないかしら？」

私は言う。

数字の形では、あっという間になくなりそうだ。

「あのぉ、生クリーム派とチョコレート派に分かれますから、二種類作ったらどうでしょうか……？」

ステイシーが提案する。

「それ、いいですです♡」

「そうね。じゃあ、私はエルメスと生クリームを、リリーとステイシーはチョコレートのケーキを作りましょう」

そして、ケーキ作りが始まった。

敷地組とお子様組はリビングで作業しているけど、どうなっているのかしら？

◇　◇　◇

「じゃあ、みんな、いいでやすか！　今から言う通りに飾りつけしていくでやす。イメージは『青空の下』。まずは、あっしとロードで天井に青の風船を貼りつけていくでやす。そして、ラボルドとビッケルさんで、水色のペーパーフラワーを風船の隙間《すきま》から吊《つ》るすでやす！　ルイスとマルクは壁の二十二歳のバルーンの飾りつけを。ビビちゃんとクレオくんは壁にキラキラの花を貼りまくるでやす！　みんなで頑張りやしょう！」

俺──シャオは言い、みんなはそれぞれ自分の役割をこなし始めた。

梯子《はしご》に上った俺は天井に、青と白の風船を両面テープで貼っていく。

ビッケルさんとラボルドも梯子でペーパーフラワーを吊るしている。

うん、快晴の空が出来上がってきてやすぜ！

ビビちゃんとクレオくんは楽しそうにキラキラの花の紙を壁に貼りつけている。

みんな、エイシャルのために必死ですぜ！

さて、エイシャルの旦那は喜んでくれやすかね……？

◇ ◇ ◇

俺――エイシャルは正直落ち込んでいた。

二十二歳の誕生日の前日なのに、ガルディア王の開いたしょうもない舞踏会に呼ばれて、しかも屋敷で誕生日アピールをするも、みんな忙しい忙しいの一言。

何がそんなに忙しいんだっ!?

ったく……明日の誕生日は期待できそうにないなぁ。

そんな事を思いながら舞踏会で出された食べ物を食いまくってやった。

次の日、辺境の敷地に帰ると、牧場もモンスター牧場も畑も果樹園もほったらかしだった。

全く、今日はみんなは仕事だと言っておいたのに……昨日俺がいないからって、みんなで飲んで二日酔いにでもなっているんだろう。

俺は注意してやろうと、屋敷に入った。

廊下もシーンとしていて、真っ暗だ。

なんだよ、みんな出かけてるのか？

俺の誕生日だっていうのに……

悲しくなりながら、リビングのドアを開いた。

その瞬間――

「「「「ハッピーバースデー！　エイシャル！」」」」

クラッカーがパン！　パン！　と鳴り、紙吹雪《かみふぶき》が飛び出すと、明かりがついた。

そこには、青空をイメージしたであろう、青と白の風船が天井に浮かんでいて、水色のペーパーフラワーが吊り下げられていた。

壁には大きく二十二のバルーンがつけられ、キラキラの花が飾られている。

まずシルビアに声をかけられた。

「おめでとう、エイシャル！」

「おめでとうですぜ、旦那！」

「おめでとさん、エイシャル！」

シャオにアイシス、次々に祝いの言葉を。

みんなから、お祝いの言葉をかけられた俺は涙ぐんだ。

覚えててくれたのか……！

「こっちに座ってくださいですです♡　バースデーケーキのろうそくに火をつけるですですです♡」

エルメスが俺を一番奥の席に座らせて、二つのバースデーケーキを持ってきた。

「ハッピバースデートゥーユー♪　ハッピバースデーディアエイシャル～♪」

俺はろうそくの火を消した。

みんなから拍手が起きる。

そして、さらに……

「これは俺達が選んだウィンタージャケットなんだけどさ。ただ渡してもアレだから、みんなの名前を刺繍《ししゅう》で入れてあるんだ。ヘッタクソだけどさ」

アイシスがそう言って照れながら俺にウィンタージャケットを渡した。

そこには、みんなの名前がしっかり縫《ぬ》い込まれている。

ジライアなど、名前がミミズみたいになっていて、なんだかわからない文字だったけど、俺はそこで嬉し泣きしてしまった。

この二十二歳の誕生日を生涯忘れる事はないと思う。

そんな最高の誕生日だった。

◇　◇　◇

その日は相変わらずの仕事デイだった。

俺は『合成』のスキルを使ってせっせと封印のオリハルコンを作っていた。

封印のオリハルコンは至るダンジョンで必要とされているので、とても生産が追いつかない。

スキル学園で育てた『合成』スキルの持ち主・リシャとダックにもレシピを教えて手伝ってもらっているが、そもそも材料がレアで、あまり入手できないという問題もある。

そんな中、久しぶりにプリティビビアンに変身したビビアンがやってきて言った。

「門の外にお馬さんがいるのだよ」

いやーな予感……

そういえば最近は各国の王達に何かを頼まれる事があまりなかった。

それだけに、やばい気がする……

俺は合成を途中でやめると、戸口に向かい外に出た。

そこには、ビリティ国の軍服を着た騎士がいた。

「おぉ、制王様！」

「また、何か厄介事ですか……？」

俺は尋ねる、というより確認する。

「はは……お祭しの通りで……ビリティ王が明日の十一時頃に城に来ていただきたいと。確かに伝えましたので、これで」

そう言ってビリティ国の騎士は去っていく。

今度は一体なんだろうか……？

◇　◇　◇

次の日、俺はアースドラゴンのモグに乗ってビリティ国の城に向かった。

到着するとすぐに応接間に案内される。そこには地図と睨めっこするビリティ王がいた。

「おぉ、制王様！　これは、これは……！」

「今度は一体なんですか？　俺は封印のオリハルコンを作ってて忙しいんですよ」

俺はブツブツ言いながらも、応接間のソファに腰かける。

「実は制王様、少し問題がありまして……」

「問題？　というと？」

「ほら、ここ。ここに、ビリアンという貧しいスラム街があるのですよ」

「はぁ……」

「で、このスラム街の事は今まで、その、見てみぬふりをしていたと言うか……まぁ、臭いものには蓋《ふた》をする、というのが先代の教えでして……」

ビリティ王は言いにくそうに言う。

「そんなバカな教えがあります？」

「いやぁ、はっはっはっ！　いや、しかし、最近物価が上がりましてですね、暴動が起きそうなのですよ。わりと大きなスラム街ですからね。暴動が起きれば被害も大きくなるかと……」

ビリティ王は言う。

「まさかそれを俺になんとかしろってんじゃ……？」

「その通りです、はい」

「一体どうしろと言うんですか？　町一つ巻き込んだ暴動をおさえる方法なんて……それに、スキルも全て戻ったわけじゃ……」

安易に頼むビリティ王に俺は険《けわ》しい表情を浮かべる。

「お願いしますー！　制王様しかおらんのですー！」

そう泣きつかれて、俺は渋々引き受ける事にした。

しかし、スラム街の暴動を防ぐなど、どうすれば良いのかさっぱりだ。


屋敷に戻った俺は相変わらず夕食時にみんなに事情を説明する。

「また、そんな面倒な事を引き受けてしまったんですの？」

リリーは呆れ気味だ。

「いや、だけど、スラム街の人々を助けてあげたいんだよ。俺だって『生産者』のスキルがなかったら同じ目にあっていたかもしれない……みんなだって……」

俺はそう言ったが……

「うーん、お人好《ひとよ》しとしか言えませんね……」

ルイスにまで、冷静にそう言われてしまう始末。

「いいから！　何かいい案はないかな？　スラム街ビリアンは土地がすごく痩せていて、俺の『栽培』スキルも発動しないみたいなんだよ」

「それは困りましたね……」

ステイシーが小さな声で呟く。

「こういう時には、世界の力を借りてみてはいかがでしょうか？」

サクが急におかしな事を言った。

「世界の力？」

よく意図がわからずに聞き返すと、サクは説明する。

「つまり、制王募金を作って各国にお金を募るんです。募金って結構侮《あなど》れないんですよ。制王の名前がついていれば、募金する人もそれなりに多いと思いますね。それから、土地が痩せているのは、ちまちま肥料を撒いても仕方ないので、アースドラゴンのモグに魔法で土地改良をしてもらうと良いと思いますよ」

「なるほど。それはいい考えだ。よし、じゃあ、明日はみんなで仕事を休んで制王募金箱を作ろう。四ヶ国の町に配るから、大量に必要だぞ！」

◇　◇　◇

次の日、みんなでギルド部屋に集まり、募金箱を作り始めた。

ダンボールの箱で作る者もいれば、シャオとロードはお得意の木箱で作るらしい。

俺は厚紙だ。

「やぁね、ニーナのぐちゃぐちゃじゃないのぉ」

ダリアがニーナが作っている箱を指して言った。

確かにボコボコしている。

「ふ、ふんっ。少し不器用なだけでっ！」

ニーナは悔しそうにしながらも箱を作り続ける。

一日中募金箱作りに熱中して、七十個近くが出来上がった。

これを各国に配置しなくてはならないが、それは王達に頼んでやってもらおう。

たまには彼らにも動いてもらわなくちゃな。

そして、俺は次の日、モグに乗ってビリアンのスラム街に降り立ち、モグに土魔法を発動させた。

巨大な力が働き、痩せた土が肥えた大地に変化していくのがわかった。

「すごいぞ！」

「制王様！」

「かっこいい！」

そんな声を聞きつつ、俺はさらに『栽培』のスキルを広範囲に発動して、町の畑に作物を実らせた。

結果的に、制王募金は金貨千枚にものぼり、スラム街ビリアンは畑の効果もあって、スラム街から脱した。

喜ぶ町の人達を眺めていると、呪いが解けてスキル『魔道具』が戻ってきた。

確かにこれも一種の愛と呼べなくもない……か？

ともかく、めでたしめでたしだ。

◇　◇　◇

今日は休日。

みんな給料日前で金がなく、屋敷でゴロゴロしている。

そこで、エルメスが「みんなで、パフェ作りするですです～♡」と提案した。

「パフェ作りですかぁ？」

ルイスがめんどくさそうに答える。

「あら、やりましょうよぉ」

ダリアは乗り気なようだ。

「あっしも、やりますぜ！」

大の甘党のシャオも言う。

「うーむ、パフェ作りか……果たして不器用な私にできるでしょうか……」

不安そうなジライアをリリーが励ます。

「大丈夫ですわよ。グラスじゃなくて、お皿に盛るタイプのパフェもありますし、それでしたら簡単ですわよ、ジライアさん」

「つくるのだ！」

ビビアンはなぜか気合いが入っているようだ。

「おぉー！」

クレオも元気に応えた。

というわけで、ヘスティアやフレイディアも呼んできて、みんなでパフェ作りが始まった。

『ぱふぇなど、作った事も食べた事もないわ』

ヘスティアが言う。

『あら、私はあるわよ。町を氷漬けにして、トッピングはチョコレートで……』

不穏な事を言うフレイディア。

「二人とも、頼むからグラスサイズのパフェを作ってくれよ……」

俺はげんなりして言った。

キッチンにパフェの本と材料を並べて、それらを見ながら作る。

うーん、俺はなんのパフェにしようかなぁ？

おっ、コレいいじゃん！

俺は本に載っていたきな粉アイスの白玉パフェを作る事に決めた。

白玉もきな粉も大好きだからな。

えーと、まずは、きな粉アイスを作って……

しばらく作業に熱中していると、ふとビビアンとクレオが大人しい事に気づく。ちらっと横を見ると、二人は口元を汚しながらトッピング用の生クリームを食べていた。

「こらっ！　ビビ、クレオ！　洗面台に行って洗ってきなさい！　悪い子にはパフェあげません！」

俺が生クリームを取り上げて言うと、二人は渋々洗面台に向かった。

そんなこんなでハプニングはあったものの、俺は順調にパフェ作りを進めていく。

次は、えーと、白玉団子作りか。

白玉だけきな粉砂糖で食べてもすでに美味しいんだよなぁ。

とはいえ今日はパフェである。

俺は一生懸命に白玉団子を作った。

「あっ、ひっくり返ったっ！」

ニーナの声がする。

「あぁ、アイスがぐちゃぐちゃに……！」

今度はマルクの叫び声が聞こえる。

「フレイディアちゃん、アイスを氷魔法で冷やしてくださいな」

リリーがフレイディアに頼んでいる。

『朝飯前だわ』

とフレイディア。

すごい危険な調理法だ……

そんなこんなでそれぞれのパフェが段々と出来上がってきた。

さぁ、トッピングの材料が出来上がったから、あとは盛りつけだけだ。

さて、綺麗にできるかな？

まずは、フレークを下に敷き詰めてっと……そのあとがスポンジ、生クリーム、アイス、アイスの周りに白玉……

うん、できた！

我ながら良い出来じゃないか。

「あぁん！　ラボルドが話しかけるから、ぐちゃぐちゃになっちゃったじゃないのぉ！」

ダリアがキレている。

「それ、サシャさんの性格と同じで歪んでますわよ」

「あら、リリーと同じで飾りすぎてる！」

こっちはこっちでリリーとサシャが言い争っている。

これは危ないかも……

そう思った俺は自分のパフェを守るために遠くに置いた。

「そういえば、この間っ！」

険悪な雰囲気を変えるようにニーナが口を開いたので、俺は全力でそれに乗っかった。

「うんうん、どうしたんだ？」

「スキル学園の指導の帰りに雨が降っちゃってねっ。傘を探してたのっ。みんなで三十分くらい探したけど、見つからなくてねっ。どこにあったと思うっ？」

「どこにあったの……？」

ネレが尋ねると、ニーナは表情を一層明るくして言う。

「腕に傘がかかってたのっ。もうっ、みーんな大笑いしちゃってさっ。だって、誰も気づかなかったんだからーっ！」

『ふむ、我もあるぞ。漫画を探していたら手に持っていた、とかな』

ヘスティアが言う。

そんな笑い話でなんとか場の空気は持ち直した。

ネレは飾りの細かいピーチパフェ。ルイスは苺盛りだくさんの苺パフェ。ステイシーは巨峰《きょほう》がドンっ！　と載った巨峰パフェを作っていた。

ジライアは相変わらず手先が不器用らしく、グラスに盛りつけるのを諦めて、皿に盛ってある。

しかし、それも中々だ。

俺達はそれぞれのパフェを食べ比べする事にした。

一人で食べたい気持ちはあったが、やはり、こういう時はみんなでシェアした方が楽しいのだ。

ビビアンのチョコバナナパフェは王道の甘さが美味しかったし、ジライアが皿に盛りつけた抹茶《まっちゃ》あずきパフェも見た目に反して中々だった。

「あー！　ビビが一口多く食べてるぞ！」

クレオが告げ口する。

ビビアンはクレオをポカリと殴《なぐ》った。

そして、クレオが大泣きする。

そんないつも通りの賑やかな雰囲気の中、パフェ作りは終わったのだった。

また、機会があればやりたいと思う。

ちなみに、みんなから支持を集めたパフェキングに輝いたのは、チョコレートパフェをお店顔負けのクオリティに仕上げたロードだったとさ。

◇　◇　◇

その日もお休みで、みんなで氷祭りに行く事になった。

氷竜のフレイディアは氷祭りと聞いて、氷像を建てると張り切ってしまっている。

みんな、朝から防寒着を着こんで準備している。

「こらぁ！　ビビ、クレオ！　魔法こたつから出なさい！　いつまで、みのむしみたいに寝てるんだ！」

そんな俺の声がリビングに響き渡った。

「ビビちゃん、赤のコートが良い！」

「ビビ、今日はとっても寒いですから、オレンジのダウンにしましょう！」

エルメスがオレンジのダウンを持ってビビアンを追いかける。

「やだ、オレンジなんて可愛いくなーい！」

ビビアンは嫌がってるようだ。

「ビビ、赤のコートだと凍《こご》えて氷像になるよ……」

ネレがボソッと言ってリビングを出ていく。

「……ビビ、オレンジにする……」

ビビアンは観念したらしく、オレンジのダウンに袖《そで》を通した。

「エイシャル、帽子も被らないと寒いわよ」

シルビアがそう言ってニットの帽子を持ってきてくれる。

「あぁ、そっか。ありがとう」

「寒いですねぇ！　カイロってどこにありましたっけ？」

「ルイス、カイロなら廊下の内倉庫にあるよ」

そう教えると、ルイスが魔法こたつに入りながら言う。

「じゃあ、エイシャルさん、取ってきてくださいよ」

「何言ってんだ！　カイロくらい自分で取ってこい！」

俺はまたもや怒って言った。

全くみんな、魔法こたつに入ってゴロゴロしてばかりいるんだから！

そんな疲れたお母さんみたいな事を考えつつ、用意ができた俺達はマフラー、帽子、カイロにブーツと、準備万端整えて氷祭りに出かけた。


氷祭りが開催されているアイスタシンの町に着くと、まだ昼前だが、ライトアップされた巨大な氷像達がひしめいていた。

「氷の女神かぁ。すげえ迫力だなぁ」

アイシスが言いながら見上げる。

「素敵だわー！」

サシャもそんな声を上げた。

「あっ、エイシャル！　あっちに氷の滑り台があるのだ！」

ビビアンが目ざとく見つけて、俺の手を引っ張る。

「わかった、わかった。でも、氷の滑り台なんて、お尻がべちょべちょにならないか？」

「あの氷はかなり低い温度で固めてあるみたいなので、まず大丈夫ですよ」

物知りサクが言った。

「あ、私も滑りたいっ！」

ニーナもビビとクレオのあとに続く。

滑り台を楽しんだあとは、氷の迷路にみんなで挑戦する事にした。

スタンプが各所に置いてあるらしく、全部のスタンプを集めて無事迷路を抜け出すと、ぬいぐるみがもらえるらしい。

ビビとクレオは張り切っている。

「さぶいなー」

そんな事を言いながら迷路を進んでいく俺。

あれれ？

こっちはさっき来たしなぁ？

こっちは？

行き止まりだぁ！

俺には迷路の才能はないらしく、スタンプを集めるどころか、クリアさえ難しい状況だった。

ビビアンとクレオはとっくにゴールしているようで、高台から俺を応援している。

ビビアンは天使のくまさんのぬいぐるみを、クレオは怪獣《かいじゅう》のぬいぐるみを振り回していた。

なんとか迷路をクリアした俺だが、身体はかなり冷え切ってしまった。

「旦那、あっちにあったかいコーンスープがありやすぜ！　行きましょう！」

シャオも寒いみたいで、みんなでコーンスープを飲みに向かう。

「はぁー、あったまるなぁ」

「幸せですぅー！」

コーンスープを手に入れそれを一口飲んだ俺に、ステイシーが同意するように息を吐いて言った。

そんなこんなで、しばらくコーンスープやらホットココアで温まった俺達は、最後のお楽しみ、アイススケート場に足を向けた。

スケートシューズに履き替えて、いざ、出陣！

が、氷の上を滑る事に慣れていない俺達にとって、アイススケートは中々レベルが高い。

シャオやマルクが滑り転げている中で、氷の弓使いのサシャはすうっと滑り、フレイディアに至ってはトリプルアクセルを決めて歓声を浴びている。

俺はアイススケート場の壁を伝いながら、なんとか、歩いていた。

女性陣は結構滑れる人が多いようで、シルビアもぎこちないながらも、壁から手を離して滑っている。

「エイシャル、頑張ってー！」

シルビアに声援を送られる俺。

トホホ……情けない。

そうして、アイススケートを楽しんだ俺達はいったん休憩する事に。

明日はきっと筋肉痛になっているだろう。

夜になり、さらにライトアップされた氷像を見ながら、みんなでスープパスタを食べた。

とても身体が温まったが、それでも寒い。

俺達は辺境の屋敷に帰り、温泉やお風呂で温まり、魔法こたつに入って一日の労をねぎらい合った。

こうして、氷祭りの休日はあっという間に終わっていった。

◇　◇　◇

その日もまた休みだった。

それぞれが好きな事をしていたが、町に遊びに行くメンバーがほとんどだった。

ニーナもラークさんとデートすると言って、めかし込んで出ていった。


夕方――

みんなが帰ってき始めた頃、ニーナも帰ってきたのだが、どうも様子がおかしい……

目は腫《は》れていたし、食事もいらないと言う。

俺は心配だった。

シルビアが察して、ニーナと話してみると言ってくれた。

話にいったシルビアがリビングに戻ってくると、俺は尋ねる。

「ニーナの奴、一体どうしたんだ？」

「それが……どうやら、ラークさんと上手くいかなかったみたいなの……」

シルビアが言った。

「えぇ？　上手くいかなかったって、あれだけデートしてたのに？」

俺は少し驚いて思わず聞き返す。

「私もそう言ったけれど……告白したら、仕事が大事な時だから……と断られたらしいわ」

「そんな……」

俺は言葉を失う。

「ねぇ、エイシャル、可哀想だわ。なんとかならない？」

「そう言われても……参ったな……明日ラークさんに会いに行ってみるか」

シルビアを安心させるようにそう言った。

「えぇ、お願いね」


そして、翌日。俺は仕事をほったらかして、ガルディア城に向かった。

ラークさんはガルディアの騎士長で、ガルディア城で訓練や指導に励んでいるのだ。

「ラークさん！」

俺は城の訓練場で部下を指導しているラークさんに声をかけた。

「あぁ、エイシャルさん！　ご無沙汰してます！」

ラークさんは爽やかな笑顔でそう答えた。

「ちょっと話があるんだけど、いい？」

そう尋ねると、ラークさんは少し困ったような顔をして頷いた。

恐らく俺が来た理由を察知しているのだろう。


俺達は近くのレストランに入ってコーヒーを頼んだ。

「ラークさん、もうわかってると思うけど、ニーナの事なんだ」

「えぇ……そうだろうと思いましたよ……」

ラークさんは俺の言葉にそう答えた。

「ニーナを振ったって聞いたけど、一体どうして？」

単刀直入に聞くと、ラークさんはぽつぽつと話し始める。

「ニーナさんは素晴らしい女性です。思いやりがあり、明るく、気もきく」

「だったら、どうして!?」

俺はつい、問い詰めるような言い方になる。

「だけど……エイシャルさん、僕はね、これでも男爵家の一人息子なんです。ニーナさんは……奴隷です。貴族と奴隷が結婚できないのは知っているでしょう？」

「そんなの、二人が好きなら関係ないじゃないか！」

「ですが、貴族と奴隷が結婚できないのは暗黙の了解ですよ。それに……両親が許しません……」

ラークさんは言いにくそうにしながらそう口にした。

俺はその後、何度も何度も説得したが、ラークさんが首を縦に振る事はついになかった。


屋敷に戻り、外のガーデンチェアでシルビアに事の次第を話した。

「ひどいわ！　元奴隷だからって……」

「世の中はそんなものかもな……」

「そんな……ん？　ねぇ、エイシャル、いい考えがあるわ」

シルビアが何かを思いついたように言った。

「え？　どんな方法？」

「明日ラークさんに会いに行ってくるわ。でね、ちょっと耳貸して」

作戦を俺に耳打ちするシルビア。

それは、傷心のニーナがエイシャルと付き合い始め、明後日プロポーズするらしいという嘘情報をラークさんに伝え、止めに来させるというものだった。

「なるほど……それでも来なかったら？」

「その時は……可哀想だけど、ニーナには諦めてもらった方がいいでしょうね。男はラークさんだけではないわよ」

「うーん……ニーナが納得するかなぁ……？」

シルビアはバッサリ言うが、俺は首を捻る。

「とにかくやってみましょう！」

「そ、そうだね」


次の日にシルビアはラークさんにニーナと俺が付き合い始めたという嘘の情報を伝えに行き、またその翌日——

俺とニーナは偽デートを決行していた。

「ごめんね、エイシャルっ。変な事に付き合わせちゃって……」

ニーナは時折笑顔を見せるが、やはり元気がない。

「きっとさ、ラークさんもどこかから見てるよ。もっと楽しそうにしなきゃ」

そう言って俺はニーナを励ました。

その後、夜まで買い物をしたりオペラを見たりして過ごしていたが……

ラークさんは姿を現さなかった。

「ありがとっ、エイシャルっ……でも、もう……」

ニーナがそう言いかけた時……

「ニーナさん！」

ラークさんが騎士服のまま走ってきた。

「ラークさんっ……」

「僕はもう、逃げません。やっぱりあなたしかいないんだ。全てを投げ捨ててでも、ニーナさんと一緒の人生を歩みたいんです！　だから……だから、エイシャルさんと結婚しないでください！！！」

ラークさんはこちらに走り寄ってきて、息を切らしながらそう言った。

「じゃ、俺はこれで」

お役御免になった俺は笑顔で去っていく。

「えっ？　エイシャルさんと結婚するのでは……」

「ラークさんと結婚します！」

ニーナは食い気味に言い、二人は抱きしめ合った。

二人を祝福するように、空には月がまあるく輝いていた。

シルビアと合流した俺は、二人の姿を見守る。

その時、またしても俺の身体が光った。

ステータスを確認すると、呪いが解けて『釣り』のスキルが戻ってきた。

こうして、ニーナの恋は成就した。

ラークさんの恋もね。

◇◇◇

また次の休みの日——

今日はみんなでセントルルア山で開催される狩猟大会に参加していた。

俺は『狩猟』のスキルを持っているので参加はしないが、サシャやアイシス達ギルド組は張り切っている。

それに、獲った獲物はその場で捌《さば》いてくれて、イノシシ鍋やウサギ鍋が食べられるという事だった。

ただし、生き物に慈悲《じひ》深いリリーは欠席だ。

アイシス達はまず、設置された武器部屋で武器を選ぶ。

サシャは氷の弓使いなので弓を、アイシスは剣を、ネレは棍棒《こんぼう》をセレクトしていた。

俺と家事組と敷地組、お子様組は応援だ。

『それでは、ただ今より狩猟大会を開催いたします！　この山には、タヌキやイノシシ、イタチやウサギ、カモなどの動物が放たれています。存分に狩りを楽しんでください。もちろん、解体ショーや鍋の会もありますので、お楽しみに！　それでは位置について、よーい、スタート！』

アイシス達は山を走り、獲物を探す。

「アイシス、頑張るのー！」

ビビアンが歓声を飛ばしている。

「ジライアー！　負けるなー！」

クレオも負けじと応援する。

俺達見学組はその後、キャンプファイヤーの側で座って話した。

「誰が一番に獲ってくるですですー？」

「そりゃあ、アイシスだろ」

俺がエルメスに言うと、ルイスが口を挟む。

「いやいや、意外とネレさんかもしれませんよ？」

しばらくして、一番に戻ってきたのは、サクだった。

巨大なイノシシを担いでいる。

「おぉ、サクかぁ！　意外だったなぁ」

「罠《わな》を作って引っかけたんですよ。いや、狩りも頭脳戦ですからね」

サクはそう言った。

どうやら、罠によって仕留めたらしい。

サクらしい発想だ。

次に戻ってきたのは、ダリアだ。

これまた意外だった。

「鎌を振り回してたら、当たっちゃったわぁ」

ダリアは巨大なイタチを手に抱えている。

「早速捌いてもらいましょうよ！」

シルビアが言う。

獲物は解体小屋で捌かれ、鍋として振る舞われた。

俺達は美味しい美味しいと舌鼓を打ち、鍋を綺麗に平らげた。

そして、なんとイタチの毛皮はプレゼントしてもらえるとの事。

これには、ダリアやネレ、サシャ、ギルド組の女性陣は大喜びだった。

こうして、リリーが見ていたら卒倒しそうな狩猟大会は無事に終わった。

リリーはイタチの毛皮を見てすごく嫌そうな顔をしていたな。

ま、しょうがないか。

◇　◇　◇

その日はみんなで苺狩りに行く事になった。

その苺畑はトッピングの持ち込みが自由だったので、家事組はみんなの希望のトッピングをビンに詰めるのに、キッチンを行ったり来たりしている。

「バカだな、みんな。旬の苺はそのまま食べるに限るんだぞ」

「じゃ、エイシャルの分のトッピングはなしで……」

ネレにポツリと言われ、俺は慌てて返す。

「いや、でも、まぁ、念のため持っていこうかな？　ハハッ！」

家事組がビンにトッピングを詰め終わり、俺達は出発する事にした。


とりあえず、苺狩りのルールとしては、取った苺はその場で食べる事。

食べ終わるまで、次の苺は取らない事。

この二つだけらしい。

そのルールをビビアンとクレオに復唱させていると、馬車が苺畑に到着した。

「ビビ、一番！」

「ずるいぞ、ビビ！」

お子様二人は人の話など聞いちゃいない。

俺はビビアンとクレオを呼びながら、あとを追った。

入り口で全員分のお金を払い、中に入ると、そこは苺！　苺！　苺！

苺だらけだ！

まぁ、当然だが……

「ビビ、ぜーんぶ食べるのだ！」

「いや、無理だろ……」

「オレさまもだぞ！」

「だから、無理だから……」

そんなやり取りに疲れていると、シルビア達が水筒を配っている。

え、水筒？

何に使うんだろ？

「はい、エイシャルの分よ」

シルビアに水筒を渡された俺は言う。

「えーと……喉渇《かわ》いてないんだけど……」

「バカねぇ。この水筒には氷水が入ってるのよ。畑は温いから苺も温かいの。それで、この氷水に漬けて冷やして食べるのよ」

「な、なるほど……」

シルビアの説明に納得する俺。

確かにそのまま食べるよりも、フルーツは冷やした方が美味しいイメージだ。

俺はもぎ取った苺を氷水で冷やして食べた。

「美味いっ！　苺ってこんなに美味しかったのかぁ！」

俺は軽く感動する。

「美味しいですわね」

「ですです♡」

リリーとエルメスも仲良く苺を食べている。

「はい、ジライアさん、あーん♡」

「ふざけてるのか！　ルイス！」

ルイスとジライアは戯れているようなので、放置……

「美味しい～！」

「美味いぞ！」

ビビアンとクレオも苺を頬張り言った。

「二人とも、食べすぎたら、あとでお腹が痛くなって……」

「クレオ、あっちの苺も食べてみるのだ！」

「ビビ、行こう！」

俺の忠告なんて、聞きやしねぇ……

「こんなところまで来てガミガミ言わなくてもいいじゃないの。お腹一杯になれば、食べないわよ」

そうシルビアになだめられた。

「うーん、そうかなぁ？」

「あのぉ、そろそろ、トッピングもつけてみませんか……？」

ステイシーが相変わらず遠慮気味に言う。

「おぉ、そうですぜ。トッピングでやすよ」

シャオがシュガーバターのビンを開けて苺を漬けて食べる。

「美味いですぜぇ！　こんな美味いものは久々に食いやした！」

顔を綻《ほころ》ばせて言うシャオの持つシュガーバターのビンを、みんなで取り合う事態になった。

「僕のですよ！」

「エルのですです！」

サクとエルメスが大人げなく言い争う。

「エルメスさんはダイエットした方がいいから……」

そう口にしたサクにエルメスの平手打ちが飛んだ。

「こら……！　みっともないからやめろぉ！　他のお客さんもいるんだぞ！」

俺は止めに入ってエルメスに引っかかれた。

「もうっ！　こっちに練乳もあるよっ！」

ニーナが呆れ返ってビンを開ける。

「ビビ、練乳がいいー！」

「オレさまはチョコレートだぞ」

お子様二人は仲良く練乳苺とチョコレート苺を食べている。

『全く、サクとエルメスは子供にも負けておるぞ』

ヘスティアはそう言いながら、苺を炙って食べていた。

美味しいのか、それ？

「じゃ、ネレ、ピーナッツバター♪」

無口なネレにしては珍しく上機嫌な声色で言った。

苺は嫌いじゃないみたいだ。

「あっ、あっちに苺スムージーのコーナーがあるであります！」

「おぉ、行ってみよう、ラボルド」

ラボルドの言葉にビッケルが頷く。

俺もそろそろ固形の苺は入らなくなってきたので、苺スムージーのコーナーに行く事にした。

スムージーコーナーには、苺豆乳、苺バナナ、苺とスイカ、苺とヨーグルトの四種類のスムージーがあった。

ビッケルは苺豆乳のスムージーを、ラボルドは苺バナナのスムージーを、俺は苺とヨーグルトのスムージーをそれぞれ飲む事にした。

「美味い！」

「これは美味しいであります！」

「辺境の畑でも作れますな。朝食に良いですし」

しばらくして、案の定ビビアンがお腹が痛くなってきたと言うので、苺狩りはお開きにした。

最後に一人一パックだけ苺をもらって家路につく。

正直、もういらないが、明日になれば気分も変わるだろう。

「今日の夕飯は苺のロールケーキにします？」

リリーが冗談っぽく言い、みんなは静かに拒否した。

そんなこんなで、楽しかった苺狩りは終わり、また辺境での仕事の日々に戻っていくのだった。

◇　◇　◇

その日は仕事の日。

みんなはそれぞれの仕事に向かっていく。

俺はだいぶスキルを取り戻していたので、今日は魔道具を作る事にした。

オリハルコンと魔法モーター、魔法洗剤と棚に、『魔道具』のスキルを発動すると……

ある便利なものができた。

それは……

魔法食器洗い機だ！

これは家事組が喜ぶぞぉー。

俺は満を持してシルビア達の元へ魔法食器洗い機を持っていった。

「なんですです？　その重たそうなの？」

「これは、魔法食器洗い機だよ。よいしょっと」

俺はキッチンに魔法食器洗い機を下ろす。

「魔法食器洗い機ってなんですの？　食器を洗ってくれますの？　そんなバカな事……」

リリーが信じてなさそうに言うが……

「あるんだよ」

俺は汚れた食器を一つ取って、魔法食器洗い機に入れ、スイッチを押す。

三十秒後、ピカピカのお皿が出てきた。

「まぁ！　すごいですわ！」

「えぇ!?　こんな事が可能なんでしょうか……!?」

リリーとステイシーが驚愕している。

「どこに設置しようか？　シンクの下あたりが良いと思うんだよね」

俺は得意になりながら尋ねる。

「そうね、それが良いわ！　あぁ、食器洗い地獄から解放されるのね……！」

シルビアは涙ぐんですらいる。

食器洗い機を設置すると、俺は拍手を受けながらキッチンをあとにした。

それから、モンスター牧場に足を向ける。

「よっ、マルク。どうだ、モンスター達は？」

「ユニコーンのコロンとゼブラペガサスのしま子が仲良いんすよ。もう寒くなってきたっすからね。みんな集まって暖をとってるっす」

マルクはしま子の鼻の頭を撫でながら言う。

「そうか。マルクも風邪引かないようにしてくれな。じゃ、牧場の方に行ってみるよ」

マルクと別れ、普通の牧場に向かう。

「ルイスー！」

「なんだ、エイシャルさんか。ジライアさんかと」

「なんだよ、ご挨拶だな。寒くなってきたから、動物達の小屋に魔法ヒーターをつけようと思ってさ。倉庫の中に余ってるやつがあるから、あとでシャオ達に頼んで取りつけてもらってくれ」

そう言うと、ルイスは面倒そうな表情を浮かべて返事をする。

「へぃへぃ」

「へぃは一回！」

そんなやり取りをしてから、次は果樹園に向かった。

「よぉ、ラボルド、調子はどうだ？」

「ジャンボみかんがなったでありますよ！」

ラボルドはビーチボールほどの大きさのジャンボみかんを手に持っている。

「おぅ……！　食べ応えがありそうだな」

「こたつでみんなで食べるであります！」

「そっか、ビビ達も喜ぶよ。きっと」

そのあとギルド組が帰ってきたので、その日の仕事は無事終わりとなった。

◇　◇　◇

いつも通りの仕事デイ。今日、俺はギルド組に入る事にした。

まだ、必殺技の『炎神召喚《えんしんしょうかん》』は呪いにより使えないが、『死神召喚』と『ソニックウェーブ』『ソニックボルト』は使えそうなので、まぁ問題ないだろう。

今はギルド部屋で、アイシスがチーム分けをしているところだった。

「じゃあ、クレオ、ビビアン、俺、ダリア、エイシャル、ヘスティアはデバフの森へ行こう。えーと……前衛がクレオ、エイシャル、ヘスティア。後衛が俺、ダリア、ビビアンな」

アイシスが言った。

「クレオが前衛で大丈夫なのか……？」

俺は不安でそう聞いたが、アイシスは余裕そうに答える。

「大丈夫だって！　クレオの奴、結構強いぜ？　エイシャルの『刀鍛冶』で、クレオのお子ちゃまわがまま剣も鍛えられてるからな」

うーん……まぁ、とりあえず行ってみるか。

というわけで、俺達はガルディアの最南端にあるデバフの森に向かった。

到着すると、入り口の手前でアイシスが注意する。

「いいか、この森は状態異常の魔法を使う魔法使いやスライム、魔獣がいる。状態異常にかかると厄介だから、まずはそいつらを倒してから、他のモンスターに移る。前衛はとりあえず状態異常を起こすモンスターに突っ込んでくれ。俺達、後衛は邪魔が入らないように、それ以外のモンスターを足止めする」

方針を決めると、俺達は用心しながらデバフの森を進んでいく。

すると、ポイズンスネーク三体とデバフウィッチ四体が現れた。

こういう場合はデバフウィッチを攻撃するのか……？

考えている暇はない！

「ソニックウェーブ！」

俺はデバフウィッチに斬りかかる。

「お子ちゃまわがまま剣！」

クレオが唱えると、デバフウィッチはクレオの大きさまで縮小した。

そこをクレオがお子ちゃまわがまま剣で斬りかかる。

中々やるなぁ！

俺はデバフウィッチを倒しながらクレオの成長ぶりに感心する。

しかし順調かと思いきや……

「オレさま……眠くなってきたぞ……」

クレオが突然パタリと倒れた。

相手の魔法で爆睡《ばくすい》している！

「クレオぉぉ！　寝たら死ぬぞー！」

アイシスが叫ぶ。

間違ってはないが、多少大袈裟な気もする。

とりあえず、モンスターを全て倒して、クレオに目覚ましの目薬をさした。

「あれれ？　オレさま、目が覚めたぞ？」

クレオはパッチリと目を覚まし、キョトンとしている。

とりあえず良かった。

ひと安心したところで、さらに森を進んでいく。

「ポイズンビーだ！　刺されたら毒状態になるぞ！　気をつけろよ！」

現れた巨大蜂を見て、アイシスが忠告を飛ばしつつ、ウィンドカッターを放つ。

だが、当人が怒ったポイズンビーに刺されてしまった。

「イッテェエエ！　誰か……オールポーションを……」

かなり情けないが、俺はオールポーションをかけてやった。

ポイズンビーもなんとか倒し、また進んでいくと……

『パニックウィッチぞ！　パニックになったら、味方にも攻撃してしまうから気をつけるのだ』

ヘスティアが警戒して言う。

しかし、次の瞬間――

ヘスティアがパニック魔法にかかってしまった。

『はっ！　敵ぞ！　マグマバースト！』

俺達に向かって、というか、ところ構わず攻撃するヘスティア。

「あっちぃぃぃ！　逃げろ、クレオ、ビビアン！」

アイシスが叫ぶ。

「ヘスティア、しっかりしろ！」

俺はビビアンとクレオを抱えながら、そう叫ぶ。

が、ダメだ！

ヘスティアは暴走している！

仕方ない、こうなったら……

俺はビビアンとクレオを木の陰に隠して、ヘスティアの背後から近づき、ピコバコハンマーで思いっきり殴った。

『痛いではないか！　主《あるじ》！』

「おぉ、戻ったかヘスティア！」

『戻し方がひどいぞ！』

ヘスティアは文句を言うが、溶岩竜にパニックを起こされてはたまったものではないのだ。

「行こうよ……」

ネレがポツリと言い、俺達は嫌々この厄介なダンジョンを再び進んでいった。

次に現れたのは、真っ暗ベアだ。

「気をつけて、暗闇の魔法使うから！」

ネレが言う。

しかし、次の瞬間――

「ビビ、お目目が見えなくなっちゃったのだ……」

「ビビ！」

俺はビビアンに駆け寄る。

「でも、なんとなくわかるのだ！　こっちかな？　えいっ！」

ビビアンはプリティアスティックを振る。

それは案の定俺に命中した。

「イッテェエ！　ビビアン、目が見えないなら、大人しくしてろよ！」

「大丈夫なの！　えいっ！」

ビビアンは無邪気にプリティアレッドの炎魔法を放った。

直撃したネレがキレる。

「ビビ、ちょっと黙ってて……」

その後すぐに状態異常を治す女神エールポーションをビビアンにつけて、目を回復させた。


ようやく最後のボス戦までたどり着いた。

最後のボスはセクシーヴァンパイアだ。

「いいか、セクシーヴァンパイアと目だけは合わせるなよ。すぐに魅了されちゃうからな！」

アイシスが言うが、こいつが言うと説得力はあまりない。

とにかく俺達はセクシーヴァンパイアと対峙《たいじ》した。

それは見るからにセクシーで、絶世の美女だった。

『おぉ、美しい♡　なんでも言う事を聞こう♡』

「君こそが天使だぜ！」

ヘスティアとアイシスが早速魅了にかかった。

「男ども最低……！」

ブチ切れたネレが黒魔法の一撃でセクシーヴァンパイアを倒した。

最強はネレなんじゃないだろうか……？

こうして、超厄介なデバフの森の攻略は終わった。

かなりの後味の悪さを残して……

◇◇◇

いつもの休日――

ジライアが首を傾げながら屋敷に帰ってきた。

「よっ、ジライア。どこに行ってたんだ？」

「いや、それが……少し言いにくい場所なんですよ……」

声をかけると、ジライアはそう言った。

「はぁ？　どこだよ、それ？」

俺はさらに尋ねる。

「いやぁ、ちょっと、付き合いで……私は行こうと言ったわけではないのですが……」

「いいから、どこだよ」

ジライアの煮え切らない話に俺は突っ込んだ。

「いやぁ、ガフィアの色町に少し行ってましてね」

「色町ぃぃ!?」

俺はびっくりして叫んだ。

「そんなに大きな声で言わないでくださいよ。私はただ、友人と飲みに行っただけで……やましい事などほんの一つも！！！」

ジライアは必死に言う。

「まぁ、良いけどさぁ。それで？　なんで、首を傾げていたんだ？」

「いや、それがですね？　色町である人物を見かけたのですよ。この屋敷のメンバーです」

「へぇ？　みんな、お盛んだなぁ。誰だろう？」

俺は考えるが、色町に行きそうな奴はパッとは浮かばない。

「いや、それが……」

「？」

「ルイスなんですよ……」

「あぁ、そっか、ルイスか……って、ぇぇぇぇぇぇ!?」

俺は驚きの声を上げる。

「ね？　おかしいでしょう？」

「そりゃ、そうだよ。だって、ルイスと言えばジライアやラボルドに好意を持っているんだから」

色町では基本的に女性がサービスをしてくれる。恋愛対象が男のルイスが行くのは確かに違和感があった。

「でしょう？　でね、ルイスのあとをつけていったところ、確かに彼は娼館に入っていったんですよ」

ジライアは言う。

それもかなり変だ。

「娼館って男の人も売ってるのか？」

「いいえ、そこは女性だけです」

「うーん……ちょっとその件、俺に任せてくれないか？　ルイスもあんまり言われたくない事かもしれないからさ」

俺がそう言うと、ジライアは頷いた。

「わかりました。お任せします」


そして、次の休みの日、俺は出かけるルイスを追跡した。

確かにルイスの乗っている馬はガフィアの色町へ進んでいった。

本当にルイスが娼館に行っているのだろうか？

じゃあ、今まで男が好きなフリをしてきたという事か？

一体なんのために……

とにかく俺はあとをつけて、ガフィアの色町に入った。

色町の中は綺麗に着飾った女性達が練り歩いている。

そんな中、ルイスは一番大きな娼館に入っていった。

俺はすぐさまその娼館に入り、ルイスの事を主人に尋ねた。

「はぁ？　お客さん、女性を買わないんですか？　商売の邪魔されちゃ、こっちもねぇ。それに、お客さんの情報を教えるわけにも……」

店員に当然の事を言われていたその時——

「エイシャルさん⁉」

振り向くとルイスがいた。

「ルイス、お前どうしてこんなところに……？」

「それはこっちの台詞ですよ。エイシャルさんこそ、こんなところに来てシルビアさんに怒られますよ？　まぁ、いいです。一緒に二階に上がりましょう」

ルイスはそう言った。

「二階は娼婦を買う部屋じゃないか！　俺はそんな事をしに来たわけじゃ……」

「何言ってるんですか。当然でしょう。二階には、僕の姉がいるんですよ」

ルイスは意外な言葉を口にした。

「えぇぇぇぇ⁉」

かなり驚いたが、とにかくルイスについて二階に上がる。

部屋に通されると、そこにはルイスに似て美しい女性がいた。

「姉のレニーです」

ルイスが紹介してくれたので、俺は頭を下げる。

「あ、ど、どうも初めまして。ルイスの新しい家族のエイシャルです」

「ふふふ、初めまして。ルイスの事を心配していたけれど、エイシャルさんのような素敵な方に拾っていただいて、本当に良かったわ。不甲斐ない弟ですけど、これからもよろしくお願いしますね、エイシャルさん」

レニーさんは言った。

「そんな……！」

「不甲斐ないは余計ですよ、姉さん」

不満そうに言ったルイスに、俺は尋ねる。

「じゃあ、ルイス、お前はお姉さんを心配してちょくちょくここに来ていたのか……？」

「その通りです。僕と姉はそれはそれは貧しい農家の出でした。毎日毎日ひもじい思いをして……そんなある日、口べらしのために僕と姉さんは奴隷商館と娼館にそれぞれ売られました。家族は一時的に大金を得たようですが、僕達にとっては地獄の始まりでした。生半可に顔の良い僕達は色んな人に買われたんです。性的な対象として、です。僕はエイシャルさんに出会い、その地獄から逃れましたが、姉は……」

ルイスが涙を滲《にじ》ませる。

「そうか……あといくら借金が残っているんですか？」

レニーさんに尋ねると、彼女は少し考えてから答える。

「えぇ、あと二十五枚ほど……ルイスがかなり返してくれましたけど、白粉《おしろい》やドレスも買わなくてはなりませんから、中々借金が減らないようになっているんですよ」

その言葉を聞いて、俺は言う。

「俺が払いますよ」

この姉弟を見捨ててはおけない。

そう思った。

「エイシャルさん！　金貨二十五枚ですよ⁉」

「ギルド組と俺の『採石』でどうとでもなる額だよ。それに、ラーマさんが住み込みでウェイトレスを探していたから、レニーさんはそこで雇ってもらうと良いよ」

「エイシャルさん……そこまで……」

お金は余裕で工面できたので、その日のうちにレニーさんは娼婦をやめて、ケル・カフェで元気にウェイトレスとして働き始めた。

レニーさん目当ての若い男性客が増えたと、ラーマさんも喜んでいた。

そうして、俺はその日、『発酵』のスキルを取り戻したのだった。

◇　◇　◇

その日もみんなスケジュールボードを見てから、自分の仕事に向かった。

俺はというと……魔道具の部屋であるものを作っていた。

中々上手くいかず、始めてから二時間後――

ようやくそれは完成した。

それとは何か？

魔法洗濯乾燥機である！

一人じゃ持っていけないので、ロードを呼んできた。

「よいしょっと！」

俺達は二人がかりで、風呂場に魔法洗濯乾燥機を設置した。

そして、家事組にお披露目する。

家事組の喜びようは大変なもので、これで寒い日に洗濯板を使わなくて済む、と涙を流していた。

早速洗濯をしてみると言うので、俺達はお役御免になった。

俺はビビアンとクレオの勉強を見に行く事にした。

クレオとビビアンは首を捻りながら、ある問題を解いているようだ。

「あっ、エイシャルなのだ！」

「エイシャル、わからない問題があるぞ！」

二人がそう言うので、俺は内容を聞く事に。

「なんだなんだ？　よし、俺が解いてやるぞ！」

「問題です！　ニワトリと卵はどちらが先に現れたのでしょうか⁉」

えっ……？

ビビアンが出題した意外な問題に驚いて固まってしまった。

「そ、それは……」

「「それは⁉」」

どっちだ⁉

「ちょっとルイスにも聞きに行ってみよう！」

「わからないのだ？」

ビビアンが残念そうな顔をするので、俺は適当にごまかす。

「そうじゃないよ。ただ、ルイスはニワトリの専門だからさ！」

ああだこうだ言い合いながら歩いていると、牧場に着いた。

「ルイス、ニワトリって卵が先だよな？」

「は……？」

ルイスは俺の問いにキョトンとしている。

「いや、こういうわけで……」

俺は問題を説明した。

「でも、卵が先だとすると、誰が卵を産んだんですか？」

「えーと、ニワトリかな？」

「じゃあ、ニワトリが先なんじゃないですか？」

「そんなのおかしいよ。だって、ニワトリは卵から産まれるんだから！」

俺とルイスは言い争う。

「旦那、こんな寒いのに外で何してるんです？」

シャオがやってきた。

「いや、シャオ……」

ルイスにしたのと全く同じ説明をした。

「いやぁ……どっちが先でやすかねぇ……？」

シャオも困っているようだ。

結局、ラボルド、ビッケル、ルイス、マルク、シャオ、ロード、俺で話し合ったけれど、答えは出なかった。

そこにシルビアがやってきた。

「あら、何してるのよ！　もう、夕飯の時間よ⁉」

シルビアが言うので、俺が何度目かわからない説明を彼女に聞かせると……

「呆れた人達ね。そんなの考えだって無駄よ。それにどっちでも良いし。ニワトリにだってわからないわよ。いいから、ご飯食べてちょうだい！　全く片付かないんだから！」

その言葉で、俺達の議論は終わった。

うーむ、シルビア恐るべし。

そして、いつも通り賑やかな夕飯を食べたのだった。

◇　◇　◇

その日も仕事デイだった。

みんなはそれぞれの仕事に向かった。

俺も鍬を持って畑に行こうとすると、ガオガオーのクレオに呼び止められた。

「お馬に乗ってる人がいるぞ！」

なんだ、また迷惑王の頼み事か？

俺はゲンナリしながらも、戸口を開ける。

そこには、ローズフリー国の騎士がいた。

「制王様、ご機嫌麗《うるわ》しく……」

「お互いの時間を節約するためにさっさと本題に入りましょう」

俺はピシャリと言った。

「これは一本取られました……！　ははっ！　ローズフリー王が、明日の昼頃に城に来ていただきたいそうです。伝えましたので、私はこれで！」

それだけ言って騎士は帰っていく。

またか……

はぁぁぁあ……

制王なんてなるんじゃなかったよ、全く。


次の日。

俺はゼブラペガサスのしま子に乗ってローズフリー城へ向かった。

すぐに、顔パスで王の間に通された。

「おぉ、制王様！　来てくださいましたか！」

「嫌々ね」

「いやぁ、困った事が起きたのですよ」

ローズフリー王は俺の機嫌など無視して勝手に話し始める。

「……どうかしたんですか？」

「それがですねぇ、王都の一番大きな奴隷商館から、奴隷達が逃げ出しまして……それだけなら、まだ良いのですが、各地の奴隷商館を襲って奴隷達を逃がし、反乱を起こそうとしているようなんですよ」

ローズフリー王は頭を抱えて言った。

「……それを俺にどうにかしろ、と？」

俺は確認の意味で聞いた。

「はい、なんとか奴隷どもをコテンパンに、やっつけてやってください！」

「わかりました！　任せてください！」

俺はいつものように渋る事なくそう言った。


辺境の屋敷に帰ると、みんなをリビングに集めた。

「……というわけなんだ。俺は奴隷側につこうと思っている」

事情を説明してから、俺はみんなに言った。

「えぇ!?　でも、エイシャルは王に頼まれてるんでしょう!?」

シルビアが驚きつつ、尋ねてくる。

他のみんなも同様の表情を浮かべていた。

「だからどうした！　みんなはほとんどが奴隷出身だ。彼らの気持ちがわかるはずだ。俺だって他人事《ひとごと》とは思えない。今こそ、奴隷解放運動をしよう。誰も傷つけずに、奴隷のみんなを解放するんだ。俺は一人でも立ち上がるぞ！」

俺は力強く宣言した。

「一人ってバカだわ……私もやるわ」

サシャが立ち上がった。

「奴隷制度をなくしましょう！」

ジライアもそう言って、立ち上がる。

「これ以上誰も奴隷なんかにしてはいけません。みんなで戦いましょう」

とルイス。

そして、それぞれに決意を述べ、みんなが立ち上がってくれた。

こうして、俺達の奴隷解放の計画が始まった。

◇　◇　◇

まずは、奴隷の反乱を起こしているリーダー・アランに接触しなければならないという事で、俺達は後日、次に襲われると予測されている奴隷商館で張り込んだ。

一時間は経過しただろうか……

「かかれぇー！　奴隷を解放するんだ！！！」

そんな声が聞こえた。

アランだ！

「アラン、待ってくれ！」

俺はリーダーらしき男に駆け寄って話しかける。

「なんだ、お前は！　貴族か!?」

「違うんだ、俺達の話を聞いてくれ……」

「俺……達……？」

「久しぶりだな、アラン」

ジライアが背後から出てきてアランに声をかけた。

「おぉ、奴隷仲間だったジライアか！　お前の主か、この人は？」

「いいや、主なんかじゃない。俺はただのジライアの家族だよ」

ジライアの代わりに俺がアランに答えた。

「エイシャル様は俺達奴隷出身の者に、家族として接してくれた……エイシャル様はアラン達と共に奴隷解放運動をしたいと願っておられるんだ」

ジライアが言う。

「エイシャル……まさか、制王様か!?」

アランが驚きの表情を浮かべた。

「まぁ、そう呼ぶ人もいるけどね。エイシャルで良いよ。アラン君の気持ちは察する事ができる。でもね、無闇《むやみ》に人を傷つけちゃいけない。暴力からは暴力しか生まれないんだ。一緒に世界を変えよう!」

「エイシャル……さん。ジライアの言う事を信じてあんたと手を取るよ。奴隷達を解放するのを手伝ってくれ」

アランは言った。

そして、俺達は手分けして、世界中の奴隷達に呼びかけ、奴隷商館から奴隷を解放した。

俺達はプラカードや旗を掲げ、来る日も来る日も奴隷制度撤廃《てっぱい》の運動を行った。

各地の奴隷達が一挙に立ち上がった事、奴隷制度を良く思っていない人達が参加してくれた事で、一気に運動の規模は膨《ふく》れ上がった。

ローズフリー王や他の王達はそんな俺に呆れ果て、奴隷制度の見直しを渋々進め始めた。

俺は全財産を叩《はた》いて、元奴隷達が住める町を買った。

こうして、奴隷解放運動は成功し、奴隷制度は消えていった。

みんなで抱き合って喜んだその時、俺の呪いがまた一つ解けた。

今度は『刀鍛冶』のスキルが戻ったのだ。

奴隷も平民も貴族もなく、平和な日々が続いてほしい。

それが、俺の心からの願いだった。

◇ ◇ ◇

オレさま──クレオはプリティアショップをあんまり楽しめなかったけど、ビビの持ってるプリティアの光るボールで遊びたいぞ。

ビビに言って借りよう！

「ビビ、ビビ、プリティアの光るボールを貸してくれだぞ！」

「嫌なのだ。まだ、新しいの！　クレオに貸すと汚しちゃうのだ！」

ビビはボールを後ろに隠して貸してくれない。

「ケチだぞ！」

「ケチでいいもーん！」

オレさま達はボールの取り合いになった。

「オレさまのだ！」

「ビビのよ！」

結局一歳の差は大きく、オレさまはビビに負けてしまった。

「ビビなんて……ビビなんて……頭が悪いくせに！」

オレさまは言ってはいけない事を言ってしまった。

「……クレオなんて、お化けも怖がってるのだ！」

「ふん、バカよりましだぞ！」

そう言うと、ビビは涙をためてボールを落として走っていった。

悪い事をしたぞ……

オレさまはすぐに反省した。

だけど、ガオガオー号に乗ってビビを探しても、見つけられなかった。

あれだけ連れ回していたミニミニミニドラゴンのリリアも置いて、ビビはどこかに行ってしまった。

オレさまは自分のせいだと怖くなって、エイシャルのところに行った。

そして、泣きながらあった事を話すと、エイシャルは「あとでちゃんとビビアンに謝るんだぞ？」と言ってオレさまの頭を撫でた。

それから一時間たってもビビが帰ってこなかったので、みんなでビビを探し始めた。

その頃にはオレさまはなんてバカな事を言ってしまったんだろうと、涙が止まらなかった。

そしてその日、ビビは帰ってこなかった……

みんな夜も寝ずにビビを探したけれど、どこにもいなかったんだ。

次の日の朝、敷地の門の戸口に手紙が差し込んであったのをオレさまは見つけた。

そこには……

『ビビアンは誘拐した。こいつの命が惜しくば、俺の指示に従え。ダルマス』

と書いてあった。

エイシャルはそれを見て真っ青になっていたし、シルビアは泣き始めた。

オレさまは門にダッシュした。

「クレオ！　お前までどこに行くんだ⁉」

エイシャルが後ろから追いかけてオレさまを捕まえた。

「ビビを助けに行くんだぞ！」

「ダメだ！　どこにいるかもわからないんだ！　ここは俺達に任せるんだ！」

「だけど……！」

「クレオ、心配なのはみんな一緒だ……こういう時こそ、みんなの団結力が必要なんだよ。クレオは悪くない。悪いのはダルマスだ。だから、もう寝なさい。寝てないんだろ？　昨日も」

そして、それから再びビビの捜索が始まった。

だけど、探しても探してもビビは見つからなかった……

◇　◇　◇

目が覚めると、古い家の中だったのだ……

「よぉ、起きたか？」

ドス黒い顔の髪の逆立ったお兄さんがそう言った。

「うーん、ここはどこだろう……？　わかったのだ！　木の香りがするから、森の中なのだ！」

私——ビビは言った。

「そ、そうだ……お前はなぁ！　誘拐されたんだぞ！　怖いだろ⁉」

ユウカイってなんだろう？

ユカイなのかな？

きっと面白い事なんだ！

「面白いのだー！　ユカイなのー！」

「な、なんだ、お前は……⁉　誘拐を面白がってるのか⁉　変なガキだ……」

お兄さんは怖がっているみたい。

「まずは、自分の名前を言うのだよ！　私はビビアン！　嫌いな食べ物はピーマン！　好きな食べ物は苺なの！」

「お、おぅ……俺の名前はダルマスだ……」

「好きな食べ物と嫌いな食べ物がないのだ！」

「好きな食べ物は……って、やめろぉぉぉぉ！　俺はなぁ、闇落ちしているんだ！　お前なんか一秒で……」

「ダルマス、ここが汚れてるよ！　この家を二人で綺麗にするのだ！」

ビビは掃除道具を取り出して言った。

「はぁ!?　どうせ、お前などすぐに骸《むくろ》になるのだ……掃除など……」

「袋になるのだ？　変なの……ビビはビビなの！　袋じゃないの！」

「袋じゃない！　骸だ！　全く変なガキを連れてきちまったぜ。もう一人のガキにするべきだったか……」

ダルマスはボソボソと何かを言う。

「クレオの話は腹が立つのだ！」

ビビは、箒《ほうき》で掃《は》きながら怒った。

「なんでだよ……？」

ダルマスが聞いてくる。

「ビビの事頭が悪いって言ったの！　クレオはちょっと計算ができるけど……ビビ……頭悪くない！」

「そ、そうか……それはクレオが悪いな……！」

ダルマスが言う。

「そうなのだ！　ビビ、クレオが反省するまで帰らないのだ！」

「いや、だから、お前は誘拐されて……」

「ユカイじゃないのだ！　ビビ、怒ってるのだ！」

ビビはまたダルマスに言った。

何がユカイなのだ！

ユカイな事なんて、なんにもないのだ！

「そ、そうか……」

「ダルマス、そこにゴミがあるよ」

「あ、あぁ、悪い……」

そして、ビビとダルマスは箒から雑巾《ぞうきん》がけまで、古い森の家をピカピカに磨き上げた。


「おい、ガキ……じゃない、ビビアン！　飯だぞ！」

ダルマスが言った。

「ダルマス、ナスビ残しちゃダメなの！　全部綺麗に食べないと野菜が泣くって、いっつもビッケルが言ってるのだ」

「お前……本当に変なガキだな……」

「？」

そして夜、ビビ達は眠った。

それにしても、ビビはどうしてここにいるんだろう？

ま、いっか☆

◇　◇　◇

その日は仕事デイだった。

と言っても、みんなやる気がない。

当然だ。屋敷のアイドルであるビビアンが行方不明なのだ。

もちろん彼女を探してはいるのだが、あえて普通に過ごす事も今は大切だと思ってスケジュールボードもかけたのだが……

「お、朝食はパンケーキだね！」

俺は努めて明るく振る舞う。

「ビビアンがパンケーキ好きだから作ったのよ。もしも帰ってきたら……」

シルビアがそう言って泣き始める。

「ビビちゃん！　苺が取れましたぞ！」

ビッケルが勢いよくリビングのドアを開けて入ってくる。

「ビビは……」

「あ、そうでしたな、エイシャル殿……いないんでした、ビビちゃん……」

ビッケルは肩を落として畑に戻っていく。

まるで、太陽が昇らない日のように、我が家は真っ暗だった。

「エイシャル！」

「おぉ、どうした、クレオ？」

「戸口にこれが挟まってたぞ！」

クレオは封筒を俺に渡してきた。

「これは⁉　ビビからの手紙だ！」

俺が声を上げると、家事組、敷地組、ギルド組までが集まってきた。

「ちょっと読んでみてよぉ、エイシャル」

ダリアが言う。

「う、うん。えーと、『背景みんなへ』……拝啓の字が全然違うぞ！」

「いいから、先を読む！」

サシャが急《せ》かすので、俺は頷いた。

「わ、わかった。えーと、『背景みんなへ。ビビは、家出したのだ。クレオが謝るまで家には帰らないのだ。それから、ビビのサリーちゃん人形の右腕をみんなで探しておくのだ。ダルマスはユカイだ、と言っているけど、ビビは全然ユカイじゃない。逆に怒っているの。みんな、胸に手を当ててビビへの対応を考えるのだ。エイシャル、いつも勉強勉強とうるさいのだ。ダルマスはそんな事言わないよ。シルビア、野菜をビビのご飯に入れるのやめるのだ。ダルマスもナスビが食べられない。ビビは、森の中でユカイに暮らしてるの。探さないでください。ビビより』だって……」

「ビビちゃん……」

シャオが涙ぐむ。

「ビビアン……」

ダリアが俯《うつむ》く。

ダルマスの奴め……

「みんな、悲しんでいる暇はない。ビビアンは森の中で暮らしてると書いてるんだ。みんなで森を徹底的に探そう！」

俺が言うと、アイシスが待ったをかける。

「森ったって、どれくらいの広さがあると思う？　全部をくまなく調べるなんて無理だぜ！」

「いいえ、それでもここでぼーっとしているよりマシですわ！」

リリーが立ち上がって言った。

「……みんなで探す！」

ロードも続く。

「よし、仕事なんてやめて、手分けしてビビちゃんを探しましょう！」

サクの言葉を合図に、全員がこぶしを突き上げた。

こうして、俺達のビビアン捜索が再び始まった。

手がかりは森の中。それだけだったが、みんな諦めなかった。

ビビ、待ってろよ。

俺達が必ず助けに行くからな！

◇　◇　◇

ビビアンの捜索を始めて五日目――

彼女の居場所は依然としてわからなかった。

うんうん悩んでいた時、戸口に挟まっていた手紙を、またクレオが発見した。

そこにはこう書いてあった。

『ビビアンを返してほしくば、エイシャル一人でドーヴァの森へ来い。仲間を連れてきた時点でビビアンは殺す』

「どうするんですか⁉　エイシャルさん⁉」

サクが切羽詰まったように言う。

「行くしかないな。俺が一人で……」

「危険。罠がある」

ネレが忠告してくるが、俺は真剣な表情で返す。

「だけど、ビビの命がかかってるんだ。みんな、俺を信じて待っててくれ。必ずビビを助けて戻ってくるから」

シルビアは泣き出すし、みんなが心配しているのが伝わってきた。

だけど、ビビアンのために、俺は一人で行く。


次の日、ドーヴァの森に向かった。

罠があるだろうと、細心の注意を払っていったが、雑魚モンスターが出る以外には特に何もないようだった。

山の頂に着いた時、ダルマスがそこに立っていた。

「ダルマス……」

「よぉ、エイシャル……」

「ビビアンはどこだ⁉」

「安心しろ、まだ生きている」

ダルマスは不敵に笑い、そう答えた。

「ケリをつけようじゃないか……引っかけも、罠も、ズルもなく……一対一で勝負をつけさせてもらう」

「ダルマス……望むところだ！」

俺達は山の頂上、森が開けている場所の左右に距離を取った。

ダルマスが剣を真正面に構える。

対して、俺は剣を上段に構えた。

「死ね、エイシャル！」

「死んでたまるか！」

そして、お互いの距離のちょうど中心まで、ダルマスと俺は高速で移動して、剣と剣がぶつかった。

ダルマスの剣はその職業『天雷《てんらい》の剣士』の名の通り、雷鳴を帯び、俺の魔音死神剣《まおんししんけん》は音鳴を帯びていた。

『炎神』が使えない今、音属性と死属性でカタをつけるしかなかったが……

果たしてダルマスにどれほど、通用するのか。

何合か打ち合ったあと、俺の剣から『ソニックウェーブ』が放たれた。

ダルマスは『ソニックウェーブ』を『サンダーウォール』で防ぐと、『サンダーボルト』を俺に放ってくる。

それを避けようと高速で動くが、『サンダーボルト』は俺の行く先を察知したように落ちてくる。

「ぐっ……！」

衣服は焦げ臭くなり、皮膚も火傷状態だったが、ここで負けるわけにはいかなかった。

俺は剣の効果『デススピード』で速度を上げ、ダルマスに体当たりした。

奴は大きく吹き飛び、岩にぶつかり、腕か何かの骨が折れる音がした。

チャンスだ！

「『ソニックボル……」

そう言いかけたその時、ビビアンがどこからか現れて、ダルマスに駆け寄った。

「エイシャル、ダルマスをやっつけちゃダメなのだー！！」

まずい！

『ソニックボルト』はもう発動しかけで、このままではビビに当たってしまう！

そう思った時――

ダルマスがビビアンをかばうように立っていた。

「ダルマスー！」

ビビアンが叫ぶが、『ソニックボルト』はダルマスに命中した。

「やっぱり……変な……ガキだ……」

そう言って気を失うダルマス。

「エイシャル！　ダルマスを助けてあげるのだ！」

ビビアンが泣きながらそう言った。

え……？

でも、ここで助けたらこいつはまた……

俺は戸惑う。

しかし、弟を見殺しにはできなかった。

こいつはビビアンをかばって倒れた。

ビビアンと接するうちに、何か感じるものがあったのかもしれない。

そう思ったからだ。

俺はポーションをダルマスにかけた。

ビビアンは心配そうにダルマスの顔を覗き込んでいる。

「ビビ、大丈夫だったのか？」

「うん！　ダルマスがご飯を食べさせてくれたのだ！　ビビが苺が好きだと言うと、買ってきてくれたよ！」

ビビアンがダルマスとの生活を語る。

「そうか……」

俺はなんとも言えない気持ちでそう答えた。

「うっ……俺は……死んだはずじゃ……？」

ダルマスが目を覚ました。

「ビビアンがお前を助けてくれってさ」

俺はダルマスの隣に腰掛ける。

「甘いな、エイシャル……俺はまた……」

「それでも良いんだ。何回でも、俺はお前と戦ってやる。だから……死ぬなよ」

俺は言った。

貴族として生まれた時からどこかよそよそしかった俺達兄弟の、初めて兄弟らしい会話だったかもしれない。

「エイシャル………サイコはルーファス大陸の中心部、魔王都セロスにいる。奴は強いぞ。せいぜい気をつけるんだな」

そう言ってダルマスは立ち上がり、去ろうとする。

「ダルマス、お前、行く当てはあるのか!?」

「……久しぶりに地道にモンスター狩りでもしてやっていくさ。あと……ビビアン、ピーマンもちゃんと食えよ……」

そして、ダルマスは転移魔法で消えていった。

「ビビ、家に帰ろう」

「うん、帰る！」

俺はビビアンの小さな手を引き、帰路についた。


屋敷に戻ると、全員がビビアンを待って門の前にいた。

「ビビ、ごめんだぞ……本当にバカなのはオレさまだったんだ……」

クレオが泣きながらビビアンに謝った。

「うん、いいの、もう」

そう言ってクレオの頭を撫でるビビアンは、いつもより少し大人びて見えた。

「さぁ、夕飯にするですです〜♡」

エルメスが言う。

「今日はビビの好きなハンバーグよ！」

シルビアもビビアンの手を取る。

こうして、誘拐事件は無事解決した。

その時、俺の身体が光り、最後の必殺技『炎神』を取り戻したのだった。

◇　◇　◇

ビビアンが戻ってきて、辺境の屋敷にはまた賑やかな日々が帰ってきた。

「ビビ、ビビ、ガオガオー号とリリアで競争するぞ！」

「負けないのだ！」

クレオとビビアンは今日も大はしゃぎ。

敷地には笑い声が絶えなかった。

さてさて、俺は採石した石を売りに町にでも行くか。

俺はウォルルに乗ってセントルルアに向かった。

ケル・カフェに着くと、ラーマさんがいた。

石を売り、カフェでご飯を頼む。

「うーん、今日はハンバーグドリアにしようかな？」

そんな事を考えていると、例のごとくゲオがやってきた。

「よっ、ゲオ！」

俺は明るく挨拶をするが、何やらゲオは焦っている様子だ。

「エイシャル……まずい……というか、予測していた事態だが……そろそろ、サイコとの全面戦争になりそうだ」

ゲオはそう言った。

「そんな……いよいよ始まるのか……？」

「あぁ、スキル学園で使える奴を集めてくれ。俺は牙狼団を集めて、アンドラに連絡する」

ゲオが険しい顔つきになる。

「その……いつ攻撃が始まるんだ？」

「わからないとしか言いようがないな。サイコは今、魔族を魔王都セロスに集めているだろう。それが整い次第、人間の住む大陸に総攻撃をかけるはずだ……だから、俺達はそれよりも先にルーファス大陸に乗り込まないといけないんだ……！」

その説明を聞いて、俺は頷いた。

「そうか、わかった。これが最後の戦いだな。スキル学園の戦士を集めて制王組も合流する！」

「あぁ。最後の集会はセントルルアの広場で、三日後に行う。それから、すぐにドラゴンやペガサスなどで出発だ」

そこまで予定を確認すると、俺は息を大きく吐いた。

「はぁぁぁあ……やっとビビが帰ってきて明るい日々が送れるかと思ったらこれか」

「ダルマスはビビアンの誘拐に失敗したらしいな。それで、サイコははらわたが煮えくり返っているらしいぞ」

「そうか、それでこんなに急に……封印石も作れる俺はサイコの目の上のたんこぶだからな」

「とにかく、三日後に。セントルルアの広場で会おう」

ゲオはそう言って去っていった。

俺は冷めたハンバーグドリアをかき込んで、辺境の敷地に帰った。


屋敷に着くと、みんなに事情を告げなければならなかった。

「サイコとの全面戦争が始まるんだ。ごめんな、ビビ。せっかく帰ってきたのに……」

「そんな……」

シルビアもショックを受けている。

「これは避けて通れない道だから。みんな、特にギルド組は明日、明後日、心残りがないように過ごしてくれ。仕事は休みだ」

そうは言ったものの、いつもの歓声はなかった。

◇　◇　◇

三日後の早朝、俺達は残るメンバーと別れて、セントルルアの広場に向かった。

そこには牙狼団の猛者《もさ》達が顔を連ねていた。

「制王組が来たぞ！」

俺やアイシス、ジライア達が広場に足を踏み入れると、大きな声でそう言われ、みんなから歓声が上がった。

俺達はそれに答えるように武器を大きく振り上げた。

その後、スキル学園からの十六名の精鋭、牙狼団からの二百名を超える猛者、アンドラ率いる五十名の魔族が揃い、最後の集会が開かれた。

ゲオが前に立ち、スピーチを始める。

「みんな、これが最後の戦いだ。スキル学園、アンドラ達、牙狼団、そして制王組、よく来てくれた。今から、熾烈《しれつ》な戦いが始まるだろう……仲間の屍《しかばね》を乗り越えてでも前に進まないといけない時もあるだろう……しかし、決して怯《ひる》んではいけない。俺達の肩には世界の平和が……いいや、みんなに守るべき大切な人がいて、その人達の命がかかっているのだから……では、具身体的な方法を言う。今から、みんなには三手に別れてルーファス大陸に侵入してもらう。牙狼団はドラゴン型魔族のうごめくサスティナから、アンドラ率いる魔族達は魔獣族のいるオルガから、制王組とスキル学園組は人型魔族の住むレルウェイから、それぞれルーファス大陸に上陸してくれ。目的地は中心部にある魔王都セロスだ。そこに最後の敵、サイコがいる。どんな敵と遭遇しようと、生き残り、セロスで再び落ち合おう。さぁ、出発の時だ！」

ゲオが号令をかけると、みんなはドラゴンやペガサスに乗り、空に舞い上がった。

俺達もウォルル、モグ、ゼブラペガサス、シャインドラゴンに乗り、空高く飛んだ。

俺はウォルルを操り、先頭のゲオ、アンドラのドラゴンの隣につける。

「エイシャル、くたばるなよ？」

ゲオがニヤリと笑い、そう言った。

「ふん、こっちの台詞だぜ」

俺は言い返し、同じようにニヤリと笑う。

「エイシャルさん、ゲオさん、セロスでまたお会いしましょう」

アンドラはそう言ってドラゴンを大きく旋回《せんかい》させた。

彼を支持する魔族達が続いていく。

「じゃあ、またな」

俺もゲオに別れを告げ、ウォルルの進行方向を変えて大きく東に曲がった。

制王組、スキル学園組があとに続く。

こうして、ルーファス大陸への最後の総攻撃が始まったのだった。


人型魔族の住むレルウェイに入ってすぐに、ダークエルフ族との戦闘になった。

「エイシャルさん！　ここは我々スキル学園に任せてください！」

スキル学園のリーダー、ザックがそう言い、スキル学園のみんなはダークエルフを取り囲むように広がった。

「わかった！　死ぬなよ！」

俺達はこれから先の敵に向けて体力を温存するため、その場をスキル学園に任せて進む。

それから、しばらくセロスへの道を歩いていくが、敵らしい敵はいなかった。

「よぅし、もうすぐ魔王都セロスだぞ！」

俺がそう言ったその時、フレイディアが叫んだ。

『来るっ……！』

「え、何が……って、うわぁぁぁああ！」

俺達の目の前に爆音を立てて舞い降りたのは、フレイディアやヘスティアが竜化した時の二倍ほどはある巨大なドラゴンだった。

『このドラゴン……普通ではないな……』

ヘスティアがマグマアックスを構えながら、言った。

「どういう意味だ？」

『サイコによって大きく改造されているわ……ブラッドドラゴン……それが名前らしいわよ？』

そう言って不敵に笑ったフレイディアが氷の爪《つめ》を伸ばし、構えた。

俺達はジリジリとブラッドドラゴンを取り囲む。

ブラッドドラゴンの筋肉には太い血管が盛り上がり、そして、それが不気味な事に蠢《うごめ》いている。

『神《しん》・氷爪《ひょうそう》……』

フレイディアはそう静かに唱え、ブラッドドラゴンの上空を走り、爪で切り裂いた。

ブラッドドラゴンは血をこぼす。

が――

「キャァァァ！　この血は毒よぉ！　服が溶けたわ！　みんな、逃げて！」

ブラッドドラゴンの後方からダリアの声がする。

俺は降りかかるブラッドドラゴンの血肉を『ファイアウォール』でなんとか防いだ。

しかし、次の瞬間、ブラッドドラゴンは大きく首をもたげると、火を……いや血の火を吐いた。

「避けろぉぉぉぉおおおおお！！！」

ジライアの声がこだまして、もうだめだと思った時――俺は巨大な火の壁に囲まれていた。

ヘスティアの炎の壁だ。

『全く世話が焼ける……フレイディア、アレをやるぞ』

『……仕方ないわね。アンタなんかと組みたくもないけど……エイシャル達は下がってて』

フレイディアとヘスティアが一歩前に出て、そう言った。

『『炎氷表裏一体《えんひょうひょうりいったい》ファイアヒートアイスクール！』』

ヘスティアとフレイディアが手を取り合い、魔法を放つと、ブラッドドラゴンは炎と氷により焼かれ、凍《い》てつき、その場で大爆発した。

「加減をしろぉぉぉ！」

俺は爆風で吹っ飛ばされながら、叫んだ。

だが確実に、ブラッドドラゴンは血肉を撒き散らしながら、息絶えていた。


その後も何回か戦闘がありつつも、俺達はなんとか進み、ついに魔王都セロスの城の前に到着した。

「エイシャル」

「エイシャルさん」

ゲオとアンドラも無事に到着したようだ。

「エイシャル、魔王城の内部は三階層。一、二階は俺達が足止めするから、お前はまっすぐサイコの元へ行け。この戦いを終わらせられるのは、お前しかいない」

ゲオが言った。

「わかった……」

そして、俺達は魔王城に乗り込んだ。

一階にはワーウルフ族が、二階にはドラゴニュート族がいたが、それぞれゲオの牙狼団やアンドラの魔族軍が引き受けてくれた。

俺は城の最上階へ向かう。

そこには、サイコがいた。

見た目は普通の人間だったが、その出で立ちからなんとなく複数の魔物をその身体に合成しているのがわかった。

「よく来たな。そう、お前がエイシャルだな。俺のように捨てられたにもかかわらず、のうのうと生きている……」

サイコは全てを憎むような憎悪の目で俺を見た。

いや、見ているのは俺なのか？　それとも……

「お前の境遇には同情の余地がある。だが、こんな方法は間違っている！」

俺は『刀鍛冶』によってパワーアップした魔音炎死神剣《まおんえんししんけん》を構えて叫ぶ。

「ふん、同情だと!?　そんなものをされる覚えなどない！　俺が欲しいのは、恐怖と諦めと絶望だ！　俺が経験したような、あの……」

そして、サイコは血色の剣を構えた。

戦いの始まりだ。

俺は魔音炎死神剣を握る手に力を込めて、サイコに斜め下から斬りかかった。

サイコはそれを血の剣で弾き返す。

斜め上、右横、左……

幾合も、剣と剣が合わさり、弾き、弾き返される。

サイコの剣の腕は確かだった。

一人で、どれほどの鍛錬をしてきたのだろうか？

それを思うと、少しいたたまれない気持ちになった。

「おっと！　よそ見してる場合か！」

サイコの血の剣が俺の右腕をかすめた。

「くっ……！」

「お前が俺に勝てない決定的な理由を教えてやるよ」

サイコは血の剣をくるりと回しながらそう言った。

「なんだよ？　俺は勝つつもりだ」

「ふん。俺は血の魔法によって、魔族どもからパワーを常に吸収しているんだよ。スタミナ切れなど、俺にはないのさ。果たして、お前はどーかなぁ？」

そう言って、サイコは細かな傷を血の魔法によって回復した。

一方俺は、ポーションでもかけなければ、傷を治す事は不可能だろう。

しかも、そんな隙はない。

サイコの傷は全てが癒《い》え、そして、スタミナも回復しているようだった。

まずい……長期戦になればなるほど不利だ……！

俺は魔音炎死神剣を構えて、必殺魔法を放った。

「『ソニックウェーブ』！」

『ソニックウェーブ』は音の波になって、サイコを切り裂くべく突進する。

「ふん、こんな雑魚魔法がお前の切り札か？」

サイコの血の剣は血をまとい、俺の『ソニックウェーブ』を叩き落とした。

しかし、俺は『ソニックウェーブ』を連続で放っており、次の瞬間、二撃目がサイコの左肩を斬りつけた。

やった！

そう思った。

「ふははは……俺がこんな攻撃に当たると思うか？」

「何を言ってる、当たったじゃないか⁉」

「それはわざとダヨォォォ！」

サイコの左肩から触手が現れ、ついにサイコは化け物と化した。

「くそ……」

俺は魔音炎死神剣を握り直し、サイコに向かって『ソニックボルト』を無数に放ちながら、突進した。

『ソニックボルト』で怯んでいる間に心臓を仕留める！

そう考えていた。

だが、サイコは避けるでもなく、『ソニックボルト』に打たれている。

そして、さらに化け物と化していく。

顔は狼のように変化し、身体は竜のように鱗《うろこ》を持ち、左半身は触手でできている。

「ガヒュ……ガ、ガ、ガ……コロス……コロス……コロス……コロス……」

サイコはそう繰り返していた。

俺の剣とサイコの触手が激突する。

触手を切り落としていくが、その数は無数であり、反撃の機会はほとんどなかった。

そして、触手と格闘している中、サイコの『ブラッドカッター』が襲いかかってきた。

『ブラッドカッター』は『ファイアウォール』でなんとか防ぐも、その間にも触手の攻撃がやむ事はない。

そのうち触手は鋭い刀に変化して、俺を斬りつけてくる。

いったん間合いを取り、急いでポーションを自分にかけた。

飲む暇などなかったが、なんとか大体の傷口は塞《ふさ》がった。

「ムダダァア！　スタミナ……ギレ……する……ヨ……」

サイコは言う。

自我はあるのだろうか？

確かに奴の言う通り、スタミナも精神力も結構ギリギリのところに来ていた。

俺はしかし、負けられない。

頭に浮かぶみんなの笑顔が俺に力を与えてくれる。

「召喚・死神！」

俺は死属性の必殺技、死神を召喚した。

死神がサイコの魂を引きずり出そうと大きな口を開けて吸引する。

だが、サイコは平然としている。

「オレニハ……モウ、血でケガレタ、タマシイしかナイィィ！」

死神が消えると、サイコは血の剣をがむしゃらに振り回して斬りつけてきた。

俺はそれを、魔音炎死神剣で受ける。

互いに引かぬ攻防が続いた。

「おマエ……シブトイィィ！」

そして、サイコは間合いを取ると、血の剣を自分の腹部に突き刺した。

「なっ……!?」

サイコから血が溢れ始め、腹部が裂け、サイコは本当に化け物になった。

巨大化したのだ。

八メートルほどの巨人、いや、巨大怪物になった。

「グガガガガ……！」

もう言葉も喋れないようだった。

「愚かな……」

ただ、俺はもうボロボロだし、スタミナもない。

巨大怪物相手にどうやって戦えばいいんだ……!?

サイコだったソレは俺を踏み潰し、叩き潰そうと、追いかけ回す。

俺は音速で必死にそれから逃げた。

だめだ、ここで負けられないんだ！

すでに持てる技や魔法は使い果たしていた。

炎魔法も、死神も、そして、音魔法も。

どうする……!?　どうすれば……

俺はついに壁際に追い込まれた。

怪物の口元がわずかに緩み、喜んでいるように見えた。

その時――

俺は最後の必殺魔法を放った。

「音、炎、死の必殺魔法！　『ディスアピアオアホープ・絶望と希望の虹』」

魔音炎死神剣になって発動できるようになった最後の切り札――剣から巨大な虹と白黒の光が現れると、巨大怪物サイコの心臓を貫いた。

「ガガガガガァァァア！！！」

サイコは反対の壁に激突した。

そして、全てが終わった……そう思った。

しかし、サイコは元の人間の姿に戻ると、立ち上がったのだ。

「俺相手によくやった事は褒めてやる……よくも俺に膝をつかせてくれたなぁぁ？　さぁ、死ぬ時だ。最後に言う事は？」

「お、俺は負けない……」

そう言った。

だが、もう……

サイコの剣がスローモーションのように俺に下りてくる。

あぁ……最後か……

その瞬間、ゲオがそれを受け止めた。

「俺の事を忘れちゃ困るぜ？」

そうか……俺には仲間がいたんだ。

「エイシャルさんは死なせません！」

アンドラも駆けつけた。

「ふっはっはっは！　何人いても一緒だぁぁぁあ！　全員まとめて……」

サイコは血の魔法ですっかり回復している。

また、巨大怪物化するつもりなのか!?

その時、ゲオが静かに言った。

「サイコ……お前は愛されていないと思っていたかもしれない。だが、お前は愛されていたんだ。たった一人の女性に」

「何を……言ってる!?　そんなわけないだろぉぉぉ！！！　みんな、俺を見殺しに……！！！」

ゲオはポケットから、ボロボロの絵を取り出した。

「これは、お前の母親が死ぬ間際に持っていた似顔絵だ。お前の、な……」

「……う、うそだ……うそだ……うそだ……」

サイコはあと退《ずさ》りしていく。

相当なショックだったようだ。

「うそだ！！！」

そして、サイコとの第二ラウンドが始まった。

サイコは俺達三人と戦った。

しかし、明らかに剣筋が鈍っている。

「今がチャンスだ！　炎神を放て！」

ゲオはそう言って、サイコを自分の方に引きつけた。

俺は最後の力を振り絞り、炎神を放った。

「ぐがぁぁぁあぁぁぁぁ！！！」

サイコは呆気《あっけ》なく窓を突き破り、魔王城から落ちていった。

死んではいないかもしれないが……

それでも終わった。全てが終わったんだ……！

こうして、サイコとの最終決戦は牙狼団、アンドラと魔族、スキル学園、そして、制王組の勝利に終わった。

闇落ちしていた者の呪いは解け、アンドラはその日、ルーファス大陸で真なる魔王を名乗った。

俺達はへとへとになりながら、家族の待つ家に帰る。

明日からの賑やかな日々を思い描きながら……

◇　◇　◇

その日は、俺とシルビアの結婚式だった。

たくさんの来賓《らいひん》があり、敷地のガーデンウェディング席は満員御礼。

来賓には、ガルディア王、ビリティ王、ローズフリー王、サイネル王、アンドラ、ゲオ、ラークさん、ラーマさん、ガッスールさんなどが来ていた。

シルビアの父役を務めるのはビッケル。彼は最後の練習の日まで、バージンロードを歩く時、緊張で両手両足が揃っていた。

バイオリンの音楽が鳴り始める。

ウェディングドレスに身を包んだシルビアがビッケルと共に歩いてきた。

花をまきながら手を繋いで前を歩くのは、ビビアンとクレオだ。

一丁前にブライダルドレスとタキシードを着ている。

そして、ビッケルは緊張しながらも大役を終えて、俺にシルビアを預けた。

神父として司会を務めるのは、サクだ。

「これより新郎エイシャルさん、新婦シルビアさんの結婚式を執《と》り行います。ご列席のたくさんの皆様には、お二人の結婚の立会人となっていただきますよう、よろしくお願いします」

さらに、サクが続ける。

「新郎エイシャルさん。あなたは新婦シルビアさんを妻とし、病める時も健やかなる時も、悲しみの時も喜びの時も、貧しい時も富める時も、これを愛し、これを助け、これを慰め、これを敬い、その命のある限り心を尽くす事を誓いますか？」

「はい、誓います！」

俺は晴れ渡った空に響くように大きくそう答えた。

「新婦シルビアさん。あなたは新郎エイシャルさんを夫とし、病める時も健やかなる時も、悲しみの時も喜びの時も、貧しい時も富める時も、死が二人を分かつまで、これを愛し、これを助け、これを慰め、これを敬い、貞操を守る事を誓いますか？」

「はい、誓います……」

シルビアはすでに涙ぐみながらも、そうはっきりと答えた。

「それでは、指輪の交換をしていただきます」

俺はシルビアの薬指に指輪を、シルビアも俺の薬指に指輪をはめた。

「ここに、エイシャルさん、シルビアさんを夫婦と認めます。お二人とも誓いのキスを」

俺達はみんなの拍手と歓声の中、誓いのキスをした。

「おめでとう！」

「おめでとうございます！」

「エイシャル、やったなー！」

賑やかな結婚式は、まだ始まったばかりだ。

最強の生産王は何がなんでもほのぼのしたいっっっ！
(えりりー)
原作 Erily 漫画 春 千秋
1
大好評発売中！
最強の生産王は何がなんでもほのぼのしたいっっっ！
1
原作 Erily
漫画 春 千秋
追放先の辺境で仲間と絆を育む
スローライフ！ 覚醒した生産スキルで
理想郷を創造！
Webにて好評連載中！
無料で読み放題
今すぐアクセス！
アルファポリス Webマンガ
追放先の辺境でのんびり
スローライフ！
覚醒した生産スキルで
理想郷を創造!!
名門貴族家の長男・エイシャルは成人を迎え、神から『生産者』という職業を与えられた。だけど、それは超マイナーな不遇職。家名を汚したと家族は激怒し、彼を辺境に追放する。けれども、そんな逆境にもエイシャルはめげなかった。いつの間にか覚醒した『生産者』のスキルを活かしながら、信頼し合う仲間と共に僻地を快適な理想郷に作り替えていく！追放貴族のまったり日常ファンタジー、スタート！
◎B6判 ◎定価:748円（10%税込） ◎ISBN 978-4-434-33491-7

異世界ゆるり紀行
子育てしながら冒険者します
1~15
水無月静琉
Minazuki Shizuru
シリーズ累計
110万部（電子含む）
突破!!
2024年待望のTVアニメ化!
1~15巻
好評発売中!
コミックス
1~8巻
好評発売中!
子連れ冒険者ののんびりファンタジー!
神様のミスで命を落とし、転生した茅野巧。様々なスキルを授かり異世界に送られると、そこは魔物が蠢く森の中だった。タクミはその森で双子と思しき幼い男女の子供を発見し、アレン、エレナと名づけて保護する。アレンとエレナの成長を見守りながらの、のんびり冒険者生活がスタートする!
◉各定価：1320円（10%税込）◉Illustration：やまかわ
◉漫画：みずなともみ B6判 ◉各定価：748円（10%税込）

Re:Monster
リ・モンスター
1〜9・外伝
8.5
暗黒大陸編1〜3
金斬児狐
Kanekiru Kogitsune
シリーズ累計
150万部
（電子含む）
突破!
2024年4月
TVアニメ
放送決定!!
ネットで話題沸騰!
怪物転生
ファンタジー
最弱ゴブリンの下克上物語 大好評発売中!
【小説】
1〜9巻／外伝／8・5巻
◉各定価：1320円（10％税込）
◉illustration：ヤマーダ
新章
【小説】
1〜3巻（以下続刊）
◉各定価：1320円（10％税込）
◉illustration：NAJI柳田
コミカライズも大好評!
【漫画】
1〜10巻（以下続刊）
◉各定価：748円（10％税込）
◉漫画：小早川ハルヨシ

幼子は最強のテイマーだと気付いていません！
1~4
Osanago ha Saikyo no Tamer Dato kizuite Imasen!
少女は自分がチートだと
まったく気付いていません！
[author]
akechi
待望のコミカライズ好評発売中！
三歳の少女ユリアは竜人の王女で『神の愛し子』！ 伝説の魔物達を“友達”とする彼女は、気付かぬ間に最強のテイマーとなっていた。そんなユリアの力を求めて、様々な国や教会が陰謀を張り巡らすのだが、彼らは“友達”の恐ろしさを知らなかった——愛され少女と魔物達の大冒険、開幕！
1~4巻好評発売中！
◉各定価：1320円（10%税込）
◉Illustration：でんきちひさな
◉定価：748円（10%税込）
◉漫画：悠城酉　◉B6判

捨てられ雑用テイマーですが、森羅万象を統べてもいいですか？

SHINRA BANSHO WO SUBETEMO IIDESUKA?

TORYUUNOTSUKI
登龍乃月

ダンジョンに雑用係として入ったら
【森羅万象の王】になって帰還しました…？

最《さい》強《つよ》でクセ強な相棒《ペット》を連れて再出発!!

勇者パーティの雑用係を務めるアダムは、S級ダンジョン攻略中に仲間から見捨てられてしまう。絶体絶命の窮地に陥ったものの、突然現れた謎の女性・リリスに助けられ、さらに、自身が【森羅万象の王】なる力に目覚めたことを知る。新たな仲間と共に、第二の冒険者生活を始めた彼は、未踏のダンジョン探索、幽閉された仲間の救出、天災級ドラゴンの襲撃と、次々迫る試練に立ち向かっていく――

◉定価：1320円（10％税込）　◉ISBN：978-4-434-33328-6　◉illustration：さくと

【悲報】売れない
LIVE
ダンジョン配信者さん、
うっかり超人気美少女インフルエンサーを
モンスターから救い、バズってしまう
ネットが才能に震撼!
怒涛の260万PV突破
著
taki210
人気はないけど、実力は最強!?
お人好し青年が
ダンジョン配信界に
奇跡を起こす!?

【悲報】売れない
LIVE
ダンジョン配信者さん、
うっかり超人気美少女インフルエンサーを
モンスターから救い、バズってしまう
taki210
アルファポリス
人気はないけど、実力は最強!?
お人好し青年が
ダンジョン配信界に
奇跡を起こす!?
ネットが才能に震撼!
怒涛の260万PV突破

この作品に対する皆様のご意見・ご感想をお待ちしております。
おハガキ・お手紙は以下の宛先にお送りください。

【宛先】
〒150-6019 東京都渋谷区恵比寿4-20-3 恵比寿ｶﾞｰﾃﾞﾝﾌﾟﾚｲｽﾀﾜｰ 19F
（株）アルファポリス　書籍感想係

メールフォームでのご意見・ご感想は右のＱＲコードから、
あるいは以下のワードで検索をかけてください。

アルファポリス　書籍の感想　検索

ご感想はこちらから

本書はWebサイト「アルファポリス」（https://www.alphapolis.co.jp/）に投稿されたものを、改稿・加筆のうえ、書籍化したものです。

最強《さいきょう》の生産王《せいさんおう》は何《なに》がなんでもほのぼのしたいっっっ！5

Erily（えりりー）

2024年2月29日初版発行

編集－今井太一・宮田可南子
編集長－太田鉄平
発行者－梶本雄介
発行所－株式会社アルファポリス
〒150-6019 東京都渋谷区恵比寿4-20-3 恵比寿ｶﾞｰﾃﾞﾝﾌﾟﾚｲｽﾀﾜｰ19F
TEL 03-6277-1601（営業）　03-6277-1602（編集）
URL https://www.alphapolis.co.jp/
発売元－株式会社星雲社（共同出版社・流通責任出版社）
〒112-0005 東京都文京区水道1-3-30
TEL 03-3868-3275
装丁・本文イラスト－くろでこ
装丁デザイン－AFTERGLOW
印刷－図書印刷株式会社

価格はカバーに表示されてあります。
落丁乱丁の場合はアルファポリスまでご連絡ください。
送料は小社負担でお取り替えします。

ISBN978-4-434-33478-8 C0093